ヴィオラ（ウクライナ2022）
鉛筆・水彩　20.5×30.0cm　2022年

玉村豊男のコラム日記 2022〜2023

玉村豊男

春を告げるスイセン
鉛筆・水彩　35.0×48.0cm　2022年

咲きはじめるアネモネ
鉛筆・水彩・膠彩　15.5×19.5cm　2022年

赤と黄色のフリージア
鉛筆・水彩　46.0×31.5cm　2022年

ヒメコブシ
鉛筆・水彩　27.0×34.0cm　2022年

ハナモモ
鉛筆・水彩　27.0×34.0cm　2022年

咲きはじめた芍薬
鉛筆・水彩　41.0×54.0cm　2022年

キバナオダマキ
鉛筆・水彩　24.0×30.5cm　2022年

カナダオダマキ（リトルランタン）
鉛筆・水彩　23.5×31.0cm　2022年

赤いオニユリ
鉛筆・水彩　72.0×28.0cm　2022年

ガラス器の白いバラ
鉛筆・水彩・膠彩　23.5×23.5cm　2022年

二輪の夏椿
鉛筆・水彩　18.0×25.0cm　2022年

アイリス立ち姿
鉛筆・水彩　54.0×41.0cm　2022年

青い矢車菊
鉛筆・水彩　39.0×32.0cm　2022年

スイカズラの花
鉛筆・水彩　32.0×42.0cm　2022年

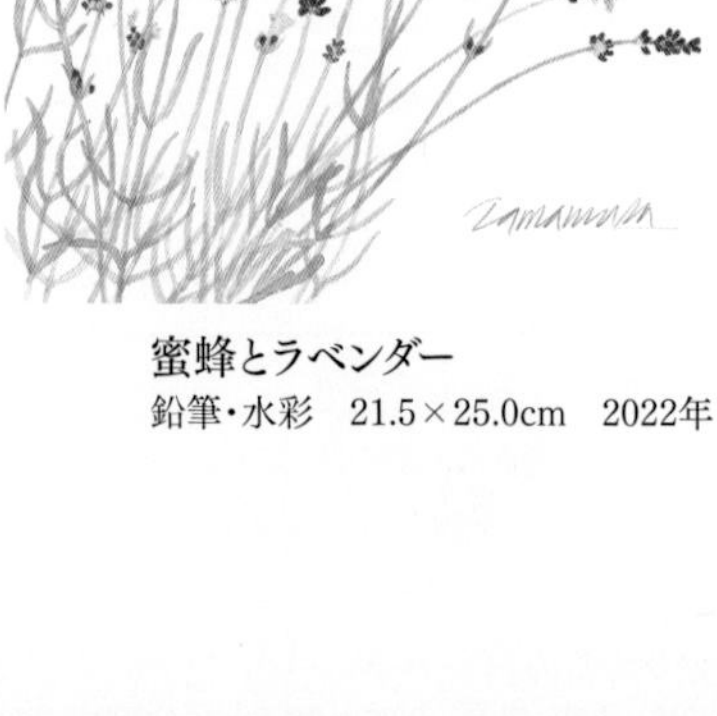

蜜蜂とラベンダー
鉛筆・水彩　21.5×25.0cm　2022年

アジサイの新しい花
鉛筆・水彩　64.0×51.5cm　2022年

ピンクの花のシクラメン
鉛筆・水彩　39.0×46.0cm　2023年

玉村豊男のコラム日記 2022〜2023

玉村豊男

はじめに

２０１９年から、毎週１本のコラムを日記のように書き続けて5年になる。

最初の2年間の日記は会報紙に連載したもので、２０２１年2月に『明けゆく毎日を最後の日と思え』と題して出版された。

3年目の２０２１年はヴィラデストワイナリーのホームページにブログとして連載し、私家版の小冊子にまとめたが、直販のみだったので広く読者の目に触れることがなかった。

本書は、２０２２~２０２３年に連載した2年間のブログ１０４本をまとめて収録したものである。

日記は本来自分のために書くものかもしれないが、50年来の売文業者である私のコラム日記は、当然のことながら読者を想定して書いている。その意味で、再び単行本として刊行されることになり、多くの人の手に届く機会を得たことをうれしく思っている。

ロシアによるウクライナ侵攻にはじまり、イスラエルによるガザ掃討に至る2年間。

コロナ禍が終息を迎えるとともに、それまで閉ざされていた社会の矛盾や過去の宿痾がいっせいに綻び出した2年間。

私事で言えば、２０２２年はまだ隠居生活の続きだった。

人とも会わず、めったに出かけることもなく、いつも同じものを着て、ひたすら家にこもって絵を描く毎日。

イタリアの画家ジョルジョ・モランディのように、世俗から遠く離れて、朝早くから画布に向かい、自分ひとりの世界に沈潜して、死ぬまで静謐《せいひつ》な日常を営む……。

それは私が望んでいた暮らしのかたちでもあったので、そのまま人生が終わるのも悪くないと思っていたのだが、２０２３年になって生活が以前のペースを取り戻すにつれ、78歳の老人にも再び多少の仕事や周囲との付き合いが戻ってきた。

元の世界に戻るのは億劫だが、まだすぐには死にそうな気配もないので、しばらくは世間の動きを眺めながら、次に来る世界を垣間見たいと思っている。

ブログでのコラム日記の連載はこれからも続く。また休みなく続いて2年後に出版されるかどうかはともかく、とりあえず今日、２０２４年の第1回を書きはじめる。

２０２４年1月1日
雪を冠した北アルプスが見える書斎で

玉村豊男　villadest.com

すべての日がそれぞれの贈り物を持っている

OMNIS HABET SUA DONA DIES

――――マルティアリス『エピグラム』より

玉村豊男のコラム日記2022〜2023

目次

2022 JAN.～JUN.

2022 JUL.～DEC.

2023 JAN.～JUN.

2023 JUL.〜DEC.

年取り魚　2022・1・3

年の暮れにはいろいろな食べものをいただく。

私たちから送るものはワインと決まっているが、いただくものは全国の名産だったり評判の甘味だったり、年寄り夫婦ではとても食べ切れない量なので、いつも会社のスタッフと分けてみんなで楽しんでいる。

なかでも楽しみなのが、氷見《ひみ》（富山県）のブリである。

氷見にワイナリーをつくる手伝いをした縁で、網元から大きなブリが1尾、年末に送られてくる。大きな魚を捌く仕事は私の手に余るので、カフェの厨房に行ってシェフに頼むことにしている。

「ブリが届いたから、トロ箱ごと持ってきた」

「いつものやつですね。分かりました」

カフェでは、注文のおせち料理をつくるために、シェフと数人のスタッフが朝から働いている。予定外の仕事だが、みんなで分けると知っているから二つ返事だ。

「うちは刺身用を少しと、厚切りの照り焼き3人分でいいから」

夕方になって、そろそろできた頃かと取りに行くと、シェフが驚いた顔で言う。

「玉さん、ブリじゃなくて、カツオでしたよ」

私は端《はな》からブリだと思い込んでいたので、確かめもせず渡したのだ。まさか氷見から届く魚がカツオだとは、想像もしていなかった。

近年、温暖化で海水温が上がったためブリが佐渡のほうまで北上し、富山湾の定置網にかかる数が減ったとは聞いていた。大きなブリが獲れなくなったと網元も嘆いていたので、トロ箱が少し小さめに見えても気にしなかったのだが、まさか、カツオが冬の日本海を泳いでいたとは……そういえば去年の秋、北海道でサケを獲りに行った船がブリを積んで帰ってきたというニュースをテレビで見たが、私は目の前のカツオの柵を眺めながら、温暖化による気候変動の現実を胸もとに突き付けられたようなショックを受けていた。

年取り魚というものがある。

大晦日の年越しに食べる魚で、東日本はサケ、西日本はブリ、信州はちょうどその分岐点にあたるので、東西でサケとブリに分かれるといわれている。サケは栄えるに通じ、ブリは出世魚として知られているので、その土地で流通する塩蔵の大型魚で正月を祝うのが古くからの習慣だった。その伝統の食文化が、これからは東日本がブリになり、西日本はカツオに代わるのだろうか。

目には青葉　山ホトトギス　初鰹。

カツオといえば、初夏の初ガツオか秋の戻りガツオと相場は決まっている。年の瀬のカツオは初めてだが、カツオならやっぱりタタキだろうと、いつもの手順でタタキにした。

氷見のカツオでつくったタタキは美味しかったが、明るい新年を素直に祝う気分にもなれなかった。元日の朝の気温マイナス9℃。2日の朝がマイナス10℃。天気予報では厳寒と言うけれど、昔なら平年並みの気温である。

ニンチ　2022・1・10

三カ日を過ぎてからも、遅れて届く年賀状がある。

その中に、すでに見た覚えのある1枚があった。

年賀の版に添えて鉛筆の手書きで、歳をとると寒さがこたえます、もう86歳なので、と書いてある。

あれ、と思って取ってあった年賀状の束を見直してみると、同じ文面のものが同じ差出人から元旦に届いていた。ああ、やっぱり……。

年賀状しかやりとりのない旧知の先輩で、なんとか元気に暮らしているようだけれども、とうとう、来るものが来たのだろうか。

最近、認知症が身近になってきた。

知り合いでも、親戚でも、そうなって苦労している人が少なくない。私たちの世代の多くは、親たちを見送る最後の数年間、認知症の高齢者と付き合った経験をもっている。だからそれがどんな事態を引き起こすかはよく知っているが、こんどは私たち自身がその対象者なのだ。

人の名前が出てこない。簡単な単語を忘れる。

そこまではまだ健忘症の範囲で、認知症とまでは言えない、と判定されたとしても、そのすぐ先にあるニンチが不安である。

年賀状を出したことを忘れて、あるいは、出したかどうか心配になって、もう一度同じ相手に年賀状を出す……ことは、年齢に関係なく誰にでも起こり得ることだ。

一度話したことを同じ相手に繰り返すことも、若い人だってやるだろう。

ところがそれを私の年齢でやってしまうと、あ、この人、そろそろニンチが来てるかも、と疑われて、

「なんだよ、その話、もう聞いたよ」

と軽くあしらわれる代わりに、なにか言いたそうにしながら口をつぐみ、曖昧な表情をつくりながら、さも初めて聞くような相槌を打つのである。

認知症の相手には、何度でも同じ話を聞いてあげる。否定したり、怒ったりしてはいけない。そう教わっているので、ひょっとしたらこの人ニンチかも、と思ったときは、私もそう対処する。が、私自身が逆の立場になっていたとしたら……。

老夫婦の日常の会話は、相手の言葉のどこかにニンチが入っていないか、絶えず探り合っているようなものである。おたがい、先に呆けたほうが勝ちだね、と言いながら、どちらが先にそうなるかは大問題だ。私は年賀状の束を手にして、自分も誰かに2枚同じものを出していないか、不安に駆られて頼りない記憶をたどりはじめた。

3年目

2022・1・17

オミクロン株の急拡大で、またぞろ世間が騒がしい。

世界中で猛威を振るう新しい変異株は、重症化するリスクは少ないと言ってもその感染力は驚異的で、日本に上陸するや否やあっという間に列島を席捲《せっけん》した。

1月後半から2月いっぱいに予定されていたイベントや会合は、軒並み中止になった。ちょうど2年前の2月、新型コロナウイルスの登場ですべての催しが一気に取り止めになった記憶がよみがえる。

昨年の秋冬には少しずつ日常を取り戻していたので、今年こそは、と新しい企画を立てていた矢先である。コロナ禍は2年では終わらず、3年目に突入した。

アメリカ在住の友人からメールが届いた。

日本政府の水際対策が厳しくて、入国ができないと嘆いている。

日本生まれだが米国籍の彼は、毎年2、3回日本に来て日本食を食べるのを楽しみにしているのだが、最近の2年間は来日を果たせていない。

「台湾にお茶を買いに行きたい」

「タイにマッサージを受けに行きたい」

私の周辺にも、海外旅行がしたくてうずうずしている人たちがいる。

毎年どこかに旅するのが習慣になっている人たちの中には、いまにも爆発しそうなマグマが大量に溜まっている。

海外には門戸を開いている国も多いので、日本から観光に出かけることも不可能ではないようだ。が、帰ってから10日も2週間も隔離されることを考えると、いくら時間とおカネがある人でも二の足を踏むだろう。

「いま、行けるとしたら、どこに行きたい？」

そう、たがいに訊き合って、空想の旅の話をすることが多くなった。私も何回か訊かれたが、すぐに答えが出てこない。

もちろん海外に行ける機会があればいつでも行きたいとは思っているが、差し当たってどうしても行きたい場所はとくにない。コロナ禍の2年で、すっかり出不精になってしまった。

私の手許にあるパスポートは、2029年の5月まで有効である。そのとき生きていれば、83歳。それまでに海外旅行に行くことがあるだろうか。

海の見えるホテルで

2022・1・24

いま自由に旅ができるとすれば……どこへ行きたいか、ずっと考えていたら、ひとつの情景が思い浮かんだ。

海辺のホテルの、外が見えるバーで酒を飲んでいる。

北欧あたりの、どこかの国。午後遅く、空港に着いて、そのままタクシーに乗ってホテルに直行した。チェックインするとき、フロントの横に小さなバーがあることに気づいたので、部屋に荷物を置くとすぐに下りてきた。

バーのカウンターに座ると、正面のガラス窓から外の風景が見える。海なのか、海に続く運河なのか分からないが、水の上の空を海鳥が飛んでいる。

まったくの空想ではない、かつて似たような情景の中にいた記憶がある。

アムステルダムだったかヘルシンキだったか、そのときはもっと大きなホテルのバーで、やはり酒を飲みながら外を見ていた。グラスを重ねるうちに空は暗くなり、海鳥は飛び去って、正面のガラスには自分の姿が映るようになっていた。

あんなふうな時間を、もう一度過ごしてみたいと思う。

だから、いまどこか海外に旅することができたら、という仮定の質問には、暗くて寂しい北の国に行きたい、と答えることにしよう。海の見えるバーがあるホテルに3、4日滞在して、毎日、日が暮れる時刻には酒を飲みながら海を見る。

昼間はホテルから歩いて行ける範囲をうろつき、カフェか屋台で簡単な食事を済ませて、疲れたらホテルに戻って横になる。

バーで食前の酒を飲みながら空と水と鳥を眺め、暗くなったら外套の襟を立てて夜の道を歩き、近くにある食堂でその日の定食のようなメニューを注文する。

その国の人たちがふつうに食べている料理なら、美味しくても美味しくなくても構わない。毎晩、同じ店の同じ席に座り、さも仕事でその町に来ているような振りをして、つまらなそうに食事する……そんな旅が、できることなら、してみたい。と、思うのだが、おそらく実現することはないだろう。

想像の旅なら、どこへでも行ける。実際にからだを動かさずに済むなら、これほどラクなこともない。

春立ちぬ

2022・1・31

今年の冬は何回も雪が降るが、それほど積もることはない。多いときで7、8センチ、あとはせいぜい2、3センチ。朝は一面の雪景色になっても、午後までにあらかた溶けてしまう。日本海側の豪雪の一部が、ときどき山を越えて舞い込んでくる、という感じだ。

その雪も、湿っていて重い。

この里山の上で暮らしはじめたいまから30数年前、驚いたのは降る雪の質だった。サラサラのパウダースノーで、両手で握り締めても崩れるばかりでまとまらない。雪合戦をやろうとしても、雪が球にならないのだ。あんな乾いた雪が、最後に降ったのはいつだろうか。

厳寒と言っても、その裏では着実に温暖化が進んでいる。

クリスマスローズは、年が明けてすぐに咲きはじめた。去年より少し遅いが、それでも例年と較べればかなり早い。例年……という言いかたがすでに現実にそぐわないのかもしれないが、これまでの経験では2月末頃に咲く花だと思っていた。

キツツキが木を穿《うが》つ音を最初に聞いたのも、1月2日だった。これも、いつも2月に入ってから聞く音なので、最初は耳を疑った。

キツツキは冬も森で暮らす留鳥（渡り鳥ではない）だから、真冬に活動していてもなんら不思議ではないのだが、木を叩くということは幹の中に虫がいるということだろう。1月の中下旬は毎朝マイナス8℃から10℃になる寒い日が続いたが、森の中からは毎日のようにキツツキの音が聞こえてきた。

朝は寒くても、日中は気温が上がる。昼の太陽の光も、真冬とは思えないほど力強い。

そのあたりが、昔の「例年」と違うのだろう。

今年は、2月1日が旧正月。立春は、2月4日。月の満ち欠けに従う旧暦（太陰暦）では新月の日が元日になるので、太陽の動きに基づく二十四節気の立春（冬至と春分の中間点）とは微妙に日がずれるが、まだ寒いけれどもすぐそこに春が来ていることを感じられる……という体感は同じだろう。

昔の人が、この時期を一年のはじまり、と考えた気持ちはよく分かる。

近所でヒツジを飼っている農家から、春の便りがあった。今年も出産のシーズンがやってきたという。

ヒツジの子は、夜中に生まれる。だから夜も眠らずに見守り、生まれたらすぐに取り上げて拭いてやる。そうしないと、濡れた毛が凍ってしまうからだ。

動物たちの春も、寒いうちからはじまるらしい。

グレーゾーン探検

2022・2・7

病院で検査を受けるために上京した。

新幹線はガラガラだったが、東京駅に降り立つとそこは都会の人込みだった。

東京では、コロナ感染者が連日2万人を超える勢いだ。病院や施設や自宅で隔離されている陽性確認者が14万人。100人に1人の割合である。検査が足りないので野放しになっている感染者が公表の数の何倍かいると推定されるので、自分の近くを歩いている人の中にも、100人に1人かそれに近い割合でウイルスを撒き散らしている人がいるに違いない。

人込みの中を、慎重に歩く。

電車の中や交差点の雑踏では感染しない、というのは間違いだ。

濃厚接触者の定義も意味がない。

それはデルタ株でもオミクロン株でも同じである。誰かひとりでも十分な量のウイルスを持っている人がいて、その人が私とすれ違いざまに咳をすれば、一瞬のうちに私はそのウイルスを受け取るだろう。その人が不織布のマスクをしていても2割くらい、布かウレタンのマスクなら3割も5割も、ウイルスは外に飛び出すからだ。私は不織布の2枚重ねだが、それでも防ぐことはできない。

人込みの中を、向かってくる人たちとつねに1メートル以上の間隔ができるように歩く。ウレタンマスクの若者が近づいてきたら、さらに1メートルは離れる。追い越していく人は同方向だからリスクは減るが、追い越した途端に振り向きざまに咳をする可能性もなくはないので、なるべく追い越されないように速く歩く。

東京駅の構内を5分も歩けば、100人と接近するのは容易である。

たとえうまくスラロームのように身をかわして歩くことができたとしても、誰かが吐いた息はマイクロ飛沫となって空気中を漂っている。その塊と運悪く遭遇すれば、気づかないうちにウイルスを吸引するかもしれない。もし、スーパースプレッダーが大きな咳をした5分後にその場所の近くを通ったら……。

東京全体が、いわゆるグレーゾーンである。

宝石泥棒が、四方八方から照射される監視のレーザー光線にからだが当たらないように、跨いだり潜ったりしながら獲物に近づく映画のシーンを思い出した。現場では目に見えないレーザー光線を、事前にシミュレーションしてからだの動きをそれに合わせるのだ。

どこにウイルスが漂っているか分からないグレーゾーンの中を、目に見えない青い飛沫を想像しながら歩く。青い飛沫……というのは、富岳のシミュレーションに出てくるやつだ。慣れてくると、歩いている人の口元から発される青い点や、頭上の空気の中に漂っている青い点の動きが見えるようになる……というのはウソだが、頭の中で富岳の青い点々を想像しながら歩くと、東京の散歩は面白いゲームになる。

寝酒

2022・2・14

オリンピック報道に隠れて目立たないが、最近のニュースでは、介護施設のようすが映し出されることが多い。オミクロン株陽性者の急増で人手が足りなくなっているとか、接触や接近が不可避な介護作業の現場ではクラスターの発生を防ぐことが難しい、とかいう話題である。

施設では、高齢者たちが介護を受けている。車椅子に乗り移るにも介助が必要な人や、流動食をスプーンで口まで運んでもらう人。そんな姿を見ながら、自分もいつかこんなふうになるのだろうか、と思う。

ニュースの合間に流れるコマーシャルの大半は、元気に歩くためのサプリメント、腰や膝の痛みをケアする薬やサポーター、シワやシミを消すための美容液……歳をとることに抵抗して、いつまでも若く元気でいたいと願う中高年者の心をくすぐるものばかりだ。

私も一時は何種類ものサプリメントを飲んでいたが、飲んでも飲まなくてもとくに体調に変化がないことに気づいて、数年前からいっさい飲まなくなった。

からだによいことは、なにもしていない。

アトリエにはジム用のマシンが置いてあり、ひさしぶりにトレーニングを再開しようかと去年から少しはじめたのだが、いまひとつ気分が乗らず、結局止めたままになっている。ラジオ体操や健康体操の類には興味がない。犬の散歩も、犬が歳を取ってあまり歩かなくなったのを幸いに、近所をひとまわりしただけで帰ってくる。

食事は、好きなものを好きなだけ食べている。減塩も糖質制限もしていない。

酒は、毎日飲んでいる。

午後5時頃に料理をつくりはじめてから、7時過ぎに食べ終わるまでに、ワインをグラスで

3杯飲む。そして12時前後に就寝する前に1時間ほど、ベッドの中で音楽を聴きながら、あるいは本を読みながら、寝酒を1杯飲む。

寝酒はしばらくウィスキーにしていたが、最近はラムに変えた。ダークラムにライムかレモンをたっぷり搾り込んで、強い炭酸を加えたもの。モヒート用のミントシロップを加えるとなお美味しい。

元気で長生きしたければ、アルコールの摂取はなるべく控えたほうがよいことは間違いないだろう。だからいつも飲む前は、ワインはともかく寝酒は止めようか……と一瞬、思うのだが、一口飲むと、うまい、と唸って、それまで頭に浮かんでいた介護施設の映像は吹き飛び、寝る前のひとときの、この愉しみを捨ててまで長生きしてなんの意味があるのか、と考え直す。

それでも、つい勢いで2杯目を飲むことだけは我慢しているが、その代わりにグラスのサイズを大きくしたので、節酒にはなっていない。

入院セット　2022・2・21

いつ入院してもいいように、小さなキャリーバッグに必要なものを揃えてある。

足に慣れた室内履き、洗面用具に吸い飲み、愛用のマグカップ、電動コーヒーメーカー、小型DVDプレーヤー、旅行用湯沸かし器。

パジャマやタオルは業者のレンタルがあるので持参する必要はない。着るものは院内のコンビニに行くときパジャマの上に羽織るカーディガンがあれば十分だ。

下着はいちおう日数分持っていくが、一日中パジャマで過ごすので靴下は少なくてよい。どうせ手術の日とその翌日は手術着を着せられたまま絶対安静だから、持っていった服を着る機会はほとんどない。

コーヒーは、病院でも家でふだん使っているマシンのコーヒーに近いものが飲みたいと思い、入院時専用の小型器具を、これまで何種類も買って試してきた。豆から挽くもの、粉で淹れるもの、水出し式のもの……どれもキャリーバッグに入る大きさ、というのが条件だが、実際に病室で使ってみると、残った滓やフィルターを洗面台で始末するのが面倒で、いまはカプセル式のエスプレッソマシンを使っている。

病室は、無理をしても個室を取る。特別個室の差額料金はさまざまで、ホテル並みの料金の割に狭い部屋もあれば、それほど高くないのに広くて明るい部屋もあり、用意されている設備やアメニティーも病院によって微妙に違う。

電気ポットが部屋にあればいつでも湯が沸かせるが、個室でもポットが置いてない病院があり、そういうときのために旅行用の湯沸かし器を用意している。カップの中に入れた水にセラミックヒーターの棒を差し込んで電気で加熱する仕組みで、少量の熱湯が簡単に沸く。紅茶、日本茶、中国茶などは、好みの銘柄をティーバッグにして持っていく。

DVDは、入院したときに観るための映画やドラマが何枚か取ってある。個室のテレビでDVDが観られる病院もあるが、大きなテレビがある部屋は極端に高いし、ふつうの個室のテレビは小さくて遠くにあったり見えにくかったりするので、寝ながら好きな位置に置いて観られる専用のプレーヤーが便利である。

朝はコーヒー、午後はティータイム。夕方は読書で夜はDVD。いったいなんのために入院するのかと言われそうだが、生活の質を保つことは病状の回復にも役立つと信じている。

30年間抱えてきた慢性肝炎が新薬の投与で劇的に治ったと思ったら、その跡から肝臓ガンが連続的に発生した。

MRIなどの画像診断により、自覚症状はもちろん腫瘍マーカーの数値にもあらわれない初期の段階でガンを発見し、わき腹から差し込んだ針の先端をラジオ波やマイクロ波で熱して病巣を焼き切る施術（RFA／MWA）を、最初の2年間で4回、それ以降は毎年1回ずつ、これまでの6年間で合計8回、受けてきた。今年は7年目だから、そろそろモグラ叩きも卒業か、と期待していたのだが、1月の検査でまた新しい場所にガンが見つかった。

この分では、入院セットとは当分縁が切れそうにない。

サイバーナイフ　２０２２・２・28

新しいガンは、肝臓の外側に隣接するリンパ節に発生した。これまでは肝細胞ガンだから病巣を焼き切ることができたが、リンパ節に熱は加えられないので、サイバーナイフがいいだろう、というのが主治医の判断だった。

サイバーナイフ？　画像診断で部位を特定してラジオ波でガンを焼くＲＦＡという療法も7年前に初めて知ったが、こんどもまた新しい言葉を先生から教えられた。

サイバーナイフは、ロボットアームを自在に動かしながら多方向から高エネルギー放射線をピンポイントで腫瘍に照射する装置……だそうだが、まだ話を聞いただけでその実物は見ていない。

ＲＦＡ同様、切らずに治すＩＶＯ（画像診断腫瘍学）の先端分野だが、すでに保険適用となっており、後期高齢者には限度額を超えた分の還付もある。日本も少なくとも高齢者に対してはなかなかの福祉国家になっていることを実感すると同時に、長生きをすればするほど発達した医学の恩恵を受けて、さらに長生きができる時代になってきたのだとあらためて思う。

サイバーナイフを使うことが決まってから、最初にやるのは肝臓にマーカーを埋め込むことだった。

ガンの病変は呼吸によって絶えず動くので、自動追尾システムを用いて狙い撃ちにする。このシステムは巡航ミサイルに使われる軍事技術を応用したものだそうだが、精度を高めるにはあらかじめ肝臓のどこかに目印を付けておく必要がある。そのために直径0・75ミリ、長さ5ミリの金でできたマーカーを、わき腹から刺した長い針の先端から押し出して肝臓内に置いてくる施術をおこなった。

「先生、このマーカーは、回収しないで、置きっ放しですか」

「そうですね」

「この次にMRIとかやるときに、金属が体内にあっても平気ですか」

「たまに、光って陰ができることがあるけど、問題ありません」

「空港の金属探知機でピーッと鳴りませんか」

「……そういう話は、聞いたことがないけど、小さいし、からだの奥のほうだから、大丈夫じゃないですか」

マーカー埋設のための入院は、3泊4日。短期間だったので入院セットの出番はなかった。

ホテル暮らし

２０２２・３・７

サイバーナイフ治療は、マーカーを埋め込むには入院が必要だが、放射線照射は外来でＯＫなので、私はいつも定宿にしているホテルから通院することにした。照射は５日間連続なので４泊５日。

朝は6時半に起き、7時までに朝食を食べ終わる。7時以降、放射線照射がはじまる午後1時まで6時間は絶食なので、水分しか摂ることができない。

私の朝食は、ヨーグルトとカテッジチーズ合計１２０グラムに乾燥デーツと自家製グラノーラを振りかけたもの。もう10年以上も続けている定番メニューなので、ホテルにも4日分を専用のボウルとともに持ち込んだ。これを食べ終わると、6時45分にルームサービスでトーストとコーヒーが運ばれてくるので、トーストを7時までに食べ、7時からはコーヒーを飲みながら新聞を読む。

ホテルから病院までは、タクシーで約10分。12時を過ぎたらロビーに下りて行き、12時20分にタクシーに乗る。病院に着いたら受付を済ませ、手術着に着替えてしばらく待ち、サイバーナイフ室に入るのが13時。

サイバーナイフは白くて巨大なアヒルみたいなかたちをしたロボットで、嘴《くちばし》にあたる長いアームの先端から、放射線を照射するらしい。

私は自分のからだのかたちに合わせたベッド（マーカーを埋め込むときに、ビーズが詰まった硬いマットレスのようなものの上に横たわり、首・背中から腰・尻までが隙間なくぴったり嵌るように凹凸を調整した）の上で、ふつうに静かな呼吸をしながらじっとしているだけ。1回の照射は長くて40分、短いときは20分くらい。目は瞑っているようにと言われたが、ときどき薄目を開けて盗み見ると、ロボットアームの先端が腹の上に覆い被さっていたり、ウイーンと唸って右側の体側のほうに移動したり、そうかと思うと左のわき腹に近づいたりするようすが、なんとなく分かる。アームが視界から消えると、見えるのは青い空に白い雲が描かれた天井だ。ＣＴやＭＲＩをやる部屋には、この模様の天井が多い。

ピンポイントで放射線を当てるのでからだにはまったくダメージがなく、ふつうに生活してよいと言われていたので、午前中はホテルの部屋で原稿を書いたり絵を描いたりし、午後はホテルのプールで軽く泳いだり、近くの公園を散歩したり、映画を観に行ったりして過ごした。なかなか優雅なホテル暮らしである。

唯一困ったのは、午前中の空腹だ。

家にいるときも7時頃にヨーグルトとカテッジチーズの朝食を摂るが、その後10時頃にクッキーやクラッカーなどを食べてお茶を飲む。お昼ご飯は12時だ。それが13時まで絶食で、照射が終わって病院を出るのが14時近くとなると、さすがに空腹に耐えられない。だから2日目からルームサービスのトーストを追加したのだが、そのときはいったん満腹になっても、10時には空腹が襲ってくる。最初のうちは、終わるとすぐ院内のコーヒーショップに駆け込んでサンドイッチを頬張ったり、コンビニで買っておいた弁当を待合室の椅子で食べたりしたが、いったん限度を超えた空腹はそのくらいでは収まらない。

これまでも、入院中に検査のため朝から午後まで絶食をしたことは何度もあるが、あれは点滴で栄養が与えられていたので腹が空かなかったのだ。

3日目にようやくそれに気づいて、4日目からは点滴の代わりにパワーゼリーを飲むことにした。アスリートやランナーがエネルギー補給のために吸うやつだ。口の中で完全な液状にしてから飲み込めば、胃にも腸にも残らないだろう。絶食が必要なのは、放射線のターゲットになるリンパ節が十二指腸の近くにあるからで、そこに固形物が残っていると腸管が膨らむので誤射の危険がある、という理由である。医師や看護師に言えばきっと、ゼリーですか……止めておいたほうがいいですね、と言うと思うが、そこは自分で判断した。

おにぎり1個分のカロリーがあるというゼリーの効果は抜群で、10時に飲んでおくと午後まで飢えを感じない。最後の2日間は、照射が終わると病院からタクシーでホテルの近くにある老舗のそば屋に行って、午後遅くの食事をゆっくり楽しんだ。

ただ、出し巻き玉子、ニシンの棒炊き、合鴨焼き……どれも酒を飲みたくなるものばかりが並んでいる献立は目の毒だった。そもそもそば屋というものは、昼を過ぎた中途半端な時間に暖簾《のれん》を分けて入り、まず酒を注文してから肴を頼み、ゆっくり飲んだ後にせいろを1枚、というのが正しい使いかたなのである。だから……いや、さすがに禁酒だけは、とりあえず医師や看護師の言う通りにした、と書いておこう。

東京の午後

2022・3・14

東京での滞在を終えて帰ってくると、里山はすっかり春になっていた。

あたり一面を覆っていた雪はほとんど消え、森の日陰にわずかに残るだけ。剪定が終わったブドウ畑の土手には、オオイヌノフグリの小さな青い花が咲き揃う。

ワイナリーのカフェも、この週末からオープンした。

2月、3月と寒い日が長く続いただけに、冬の終わりを告げる暖かさと太陽の光はうれしいが、今年はまだ春を素直によろこべない気分でいる。

3年目に入ったコロナ禍も、春になればこんどこそ収束すると思っていた。が、オミクロン株がさらに変異したせいか、ブースター（3回目）接種がなかなか進まないせいか、陽性確認者の数は減りかたが鈍く、まだ人びとの行動には制限がかかったままだ。東京のまん延防止措置が解除されて、花見の季節が終わるまで、ワイナリーに来る人の数は少ないだろう。

その上に、ロシアのウクライナ侵攻である。連日テレビから流れる悲惨な映像に胸を塞がれ、戦争という現実に追いつかない自分の想像力に苛立っている。

東京のホテルに滞在中、映画を観に行くついでに都心のショッピングモールを歩いてみた。洒落た明るいビルの中に、最新のファッションやインテリアの店が並んでいる。この2、3年、ほとんどこういう場所に出入りしていないので、ひさしぶりに見るモノの多さと華やかさに目が眩みそうだ。

平日だが、かなりの買い物客で賑わっていた。以前ほどではないにせよ、人出はそこそこ戻ってきている印象だ。楽しそうに談笑しながらジャケットを選ぶ女性たち。小さな子供を抱いた若い夫婦が、ベッドの売り場で店員と話している。妊婦さんもいれば、老人もいる。

……突然、ニュースの映像が脳裡に浮かんだ。

いま、この場所が、空襲に遭ったらどうなるだろうか。

生まれてこのかた、そんな想像をしたことは一度もなかったのに、突然逃げまどう人の姿や、叫び声や砲弾の響きが目の前の光景に重なった。

すぐに終わるだろうという識者の予想は外れて、戦況は悪化しながら長期化の様相を呈している。この分では、春が来るのはまだ先だ。

オデッサのワイン　２０２２・３・21

ヒマ潰しにスマホをいじっていて、ふと「ウクライナ」と検索して「ワイン」と続けたら、ウクライナワインの通販サイトに繋がった。見るとオデッサ産のピノ・グリージョが2千円台で買えるというので早速注文した。

いまから1万年ほど前に終わった最後の氷河期を生き延びた、ヨーロッパで唯一の野生ブドウ品種が、黒海とカスピ海に挟まれたアララット山の麓、現在のジョージアあたりで栽培されるようになり、約７０００年前からワイン造りがはじまった。

ブドウ栽培とワイン造りの文化は５０００年前までにエジプトに伝わり、その後さらに地中海沿岸地域へ広く伝播していった。旧約聖書でノアの方舟が漂着したのがアララット山の中腹で、地上に下りたノアが農夫として最初に植えたのがブドウの樹だという記述は、旧約聖書が成立する頃にシナイ半島に流布していた原産地説に拠ったものらしい。

私は1983年に、ウクライナのキエフからスタートしてモルドバ、ジョージア、アルメニアを巡ってウズベキスタンのサマルカンドまで旅をした。シルクロードを経て日本にも伝わった西欧ブドウの源流を訪ねて、という雑誌の企画だったが、いま思えばこれらの「ワイン発祥の地」はほとんどが旧ソ連の共和国で、1991年のソ連解体以降今日まで紛争の絶えない地域であることに気づかされる。

現在ウクライナの戦況は膠着状態にあるといわれるが、ロシアは停戦交渉を繰り返しながら無差別爆撃の手を緩めず、オデッサも陥落の危機にさらされている。

オデッサの気温を調べると、いまの時期は信州の里山とほぼ同じだ。ロシアの侵攻がはじまる前に、剪定は終わっていたのだろうか。新梢《しんしょう》が芽吹く前に、戦争は終わるのだろうか。

オデッサのピノ・グリージョは、爽やかで透明感があり、果実味が豊かで、余韻も長い、私好みのワインだった。今年も無事に収穫ができるとよいのだが。

空白のヴィンテージ

2022・3・28

戦争とワインといえば、レバノンのワインのことを思い出す。

もうだいぶ前の話だが、レバノンの有名なシャトーから当主が来日して、東京で試飲会をおこなうから出て来ないかと誘われた。

ソムリエやジャーナリストなど、たしか20人くらいのメンバーが参加して、当主による解説を聞きながら10種類かそこらのヴィンテージを試飲した。

いわゆるヴァーティカル・テイスティング（垂直試飲）という、同じ生産者が造る同じ銘柄のワインを年代ごとに飲み較べる試飲会で、10種類のヴィンテージなら10年間に造られたワインを順次飲み較べることになる。

これは何年のワインです、と言って出されるワインを飲みながら、その年の気候やブドウの出来が説明される。私はソムリエのように微妙な味の判別はできないから、説明を聞きながらなんとなく、なるほどそういうものか、と自分を納得させながら飲んでいたのだが、手元に配られた資料を見ているうちにあることに気がついた。

その資料には、過去数十年間の生産本数やコンクールの受賞歴などが記してある。

が、ところどころに、生産本数ゼロ、という年がある。私は手を挙げて、この、ゼロという年は、どういう年ですか、と質問した。

当主の説明は、次のようなものだった。

当社のブドウ畑は、ワイナリーから少し離れたところにあるので、収穫したブドウはトラックで醸造所まで運ばなければならない。

ところがその道路はイスラエルとの戦闘地域にあるので、収穫の時期に戦闘がおこなわれていると、通ることができない。ブドウは収穫できても醸造所まで運ぶことができないので、その年は空白のヴィンテージになるのです。

この答えに、会場が一瞬静まり返ったことを覚えている。

オデッサのワインを飲みながら私はこのときの情景を思い出したが、こんなふうにゆっくりワインが飲めるのも平和のおかげなのだ、と思うと同時に、世界には戦争や侵略が日常であるような地域が、現にいくつも存在していることに暗然とする。

グリーンストロベリー　2022・4・4

この春は農協の直売所へ行くたびにイチゴを買ってきて食べた。

そのまま食べたり、練乳をかけたり、スムージーにしたり、この季節はイチゴが楽しい。が、最近は食べるたびにちょっぴり罪悪感を抱くようになった。

冬から春がシーズンのイチゴは、重油を焚いて温めた温室で栽培する。石油価格の高騰で農家も大変だが、イチゴに限らず温室で加温しなければ育たない果物や花や野菜をつくる仕事は、いずれ大転換を迫られるに違いない。もし私がいま温室農業を営んでいたら、近い将来の事業転換について真剣に悩むと思う。

新聞の見出しに「グリーンアルミ」という言葉があった。気になったので記事を読むと、製造過程で消費する電力をすべて再生可能エネルギーでまかなうアルミニウムのことを、グリーンアルミと呼ぶらしい。

その伝で行けば、環境意識の高まりとともに重油を焚いてつくるイチゴはしだいに市場から排斥され、太陽光などの再生可能エネルギーだけを利用した「グリーンストロベリー」が、従来品よりも高い価格で取引されるようになるのだろう。

そして、その先は、そもそもその土地の気候で育たないような果物はつくらない、野菜は露地で育つ旬のものしか食べないという、昔ながらの省エネルギー農業に戻っていくのが正しい流れだろう。

若い頃フランスの田舎を旅して驚いたのは、どこにもビニールハウスが見当たらないことだった。イギリスでもイチゴはウィンブルドン・テニスがはじまる6月頃から出回るものだ。

日本列島の植生はヨーロッパよりはるかに多様性に富んでいるのだから、その気になりさえすれば、それぞれの産地に短い旬が到来する時期をいまかいまかと待ちわびる、私たちの世代がかつて味わった「欠乏の愉しみ」を、これからの若い人たちも味わうことができるはずだ。

絵を描く時間

2022・4・11

ようやく暖かくなった。

立春を境に春が来るかと思っていたら、それからまた寒い冬が戻り、朝の気温がマイナスになる日が先週まで続いた。

コロナ陽性者の数は高止まりしたままだし、ウクライナからも連日のように悲惨なニュースが届くが、季節だけはようやく遅れを取り戻して、あちこちでいっせいに花が咲きはじめた。

コブシ、ハナモモ、モクレン、ムスカリ、レンギョウ……毎日新しい花が咲き、その数が日を追うごとに増えていく。今年は春の花の絵を描こうと思って待ち構えていたのだが、朝から夕方までアトリエにこもっていても次々に咲く花のスピードには追いつけない。

コロナ禍の2年間は、人生の残されたわずかな時間にできるだけたくさんの絵を描こうと考えていたのだが、3年目の春からは少し方針を変えることにした。

これまでは朝から昼まで4、5時間絵を描いて、午後も昼寝のあと犬の散歩をしてから夕食の支度をはじめるまで、また2、3時間アトリエの机に向かっていたが、暖かくなってきたのを機に午後の仕事を止めることにした。そのかわり、最近サボっていた筋トレを再開したり、ウォーキングに時間を割いたり、少しからだを動かすことにした。

いつ死ぬか分からないから焦って仕事をするのではなく、いつ死ぬか分からないから、いつ死んでもいいように毎日同じペースで暮らすことにしたのである。

絵が描きかけでも、文章が書きかけでも、いつかはそこでピリオドが打たれるのだから焦っても同じことだ。

蒲焼きと天丼

2022・4・18

ウナギの蒲焼きはご馳走だ。

蒲焼きの魅力は、ウナギそのものと同じくらいの比重がタレにある。だからタレが染みたご飯といっしょに食べる鰻丼や鰻重が美味しいのだが、最近は、蒲焼きと白いご飯を別々に盛った、蒲焼きご飯のほうを好むようになった。

鰻丼や鰻重では、職人が盛りつけてから客席に運ばれるまでに、どうしてもある程度の時間がかかる。

すると、その間にタレはウナギの下にある白飯に到達して、かなりの部分がご飯粒に染み込んでしまうだろう。

タレが染みたご飯、といっても、私が食べたいのは、タレがご飯に染みはじめた瞬間、なのである。そのことに、最近になって気がついた。

タレがタレとしての独自性を保ったまま、ご飯粒はご飯粒としての独自性を保ったまま、両者が接触してから間もないタイミングで口の中に入れたい。しかも、蒲焼きの上にはつねにタレがたっぷり載っていてほしい。タレの大部分が下のご飯粒に吸収されてしまってはいけないのだ。

そのためには、蒲焼きとご飯が別々に運ばれてこなければならない。しかも、客席でタレを自由に追加できる店であることが望ましい。実際には、タレの量を客の好みに合わせてくれるウナギ屋は少ないし、テーブルの上にタレ壺が置いてある店はもっと少ない。

蒲焼きと違って天丼の場合は、熱々の揚げたての天ぷらにタレをサッとかけまわしたものより、少し冷めて、濃い目のタレがご飯にたっぷり染み込んだもののほうが好きになった。これも最近の発見だ。いや、もっと言えば、天丼は放置して天ぷらもご飯も冷めてしまった状態が、私はいちばん好きかもしれない。買ってきた天丼弁当を食べずに翌日まで放ったらかしたときのように、タレはすっかりご飯に合体して全体がガビガビになっている……。

いま天丼のタレ、と書いたが、天ぷらにつけるのはタレではなくツユ（天つゆ）である。ソバにつけるのもタレではなくてツユ（そばつゆ）。両者は濃度の差だが、天丼のときはタレに近い濃さのほうが美味しいと思う。

若いときは安い鰻丼しか食べられなかったから、タレの染み込み具合を考える余裕がなかった。揚げたての天ぷらをカウンターで食べる贅沢ができるようになって、締めの天丼の味わいを客観的に観察できるようになった。どこに自分の好みが着地するにせよ、歳をとるということは本当に面白い。

鳥よけ

2022・4・25

村の中の小さな畑に、季節外れの鳥よけを見つけたのは2カ月前だった。

このあたりでは、2月の末といえばまだ土が凍っていて、農作業はできない時期である。もちろん、鳥も飛んでいない。

畑の鳥よけにはいろいろな種類があって、大きな目玉を描いた銀色の風船、本物のように見える鷹のかたちをした凧、光が当たるとキラキラ反射する鏡面の板を紐で繋げたもの……など、工夫を凝らしたグッズが売られている。

その畑の鳥よけは、青と黄色の四角い板を紐で繋いで、畑の上を横断するように吊られていた。ロシアのウクライナ侵攻をニュースで知ったのは、その鳥よけを見た後だった。

地元の村にも、ずいぶん意識の高い人がいるものだ。世界の情勢にすぐさま反応して、ウクライナ色の鳥よけで支援を表明する。私はそれを見て村の一員であることが誇らしかったが、それにしても、どうしてそんなに早く対応することができたのだろう。ロシアの侵攻を、予測していたのだろうか。

コロナ禍で最近は隣組の集会も少なくなり、村びとと顔を合わせる機会が減ったが、数日前ひさしぶりに会ったその畑の持ち主に訊いてみた。

「あの鳥よけ、ロシアの侵攻前から吊るしてあったんじゃない？」

「そうなんだよ。みんなに言われるんだけど、あれは偶然なの」

たまたま、農具小屋の屋根にペンキを塗ろうと思っていたら、それを聞いた隣組の仲間が、うちに余っているペンキがあるからよかったら使ってよ、と言う。青いペンキと、黄色いペンキが、ほぼ同量。それを使って農具小屋の屋根を2色に塗り分けたら、まだ少し余ったので、鳥よけをつくることにした。青い板と黄色い板が同じ数だけできたので、交互に紐で繋げて畑の上に吊るしたのだそうだ。

「そうしたらウクライナになっちゃった。あれを見て、ウクライナ国旗を買って吊るした家もあるらしいよ」

ロシアのウクライナ侵攻がはじまってから、2カ月が過ぎた。

毎日、重苦しいニュースに心を塞がれる。市民の日常生活を軍隊が踏み荒らし、町は破壊され、人が殺され、連行され、ありもしない映像が流されて事実が隠蔽《いんぺい》されようとする。まるで実況中継のように繰り広げられる惨劇を眺めながら、なにもできないことに苛立つ日々……。

村には新緑の季節が来て、晴れた日には畑仕事をする人の姿が目立つ。

我が家でも、きのう家庭菜園にジャガイモの種芋を植えた。

戦争は長期化しそうだから、いまからでもウクライナ色の鳥よけを吊るそうか。

毎朝の気温

2022・5・2

朝、目が覚めると、まずベッドの中でスマホを見て気温を調べる。

実際の気温は起きてから外にある郵便箱に新聞を取りに行くとき、軒下に掛けてある温度計で確認する。が、そこへ行くのにどんな服装をすればよいか、起き出す前に考えなければならない。

とくにこの時期、先週は春のような陽気で朝から10℃以上もあったのに、急に寒くなって今朝は2℃。トレーナーを着るかセーターにするか、アンダーシャツは長袖か半袖かなど、外気温に合わせた微妙な調節が必要になる。

気温の変化が激しい時期だけでなく、冬はマイナス10℃以下になるので、服装を間違えると外へ出ただけで風邪を引く。そのため、寝ながら外の気温を知る方法はないか、ずいぶん研究した。

軒下に気温センサーを取り付け、ブルートゥースでスマホまで飛ばそうとしていろいろな器具を買ったが、うまく行かなかった。1階の軒下から2階の寝室までは距離があるし、寝室に近い軒下にセンサーを取り付けたとしても、コンクリートの厚い壁が邪魔をする。

それなら寝室の窓の外側にセンサーを取り付ければよいかと思ったが、手が届く範囲の外壁はどこも太陽の光を浴びるので、日陰の気温は計れない。コンクリートに嵌めたアルミサッシの近くは、日が射すと同時にぐんぐん気温が上がってしまう。実験を繰り返すうちに、センサーの電池がすぐになくなることにも気がついた。

安上がりなのはガラス窓の外側に簡単な外気温度計（部屋の中から数字が見える）を貼ることだ

が、ガラスも日が当たれば同じことになり、正確な気温は表示されない。

結局、直接測定することは諦め、スマホの天気アプリをいくつか比較して表示される地域の気温がうちの軒下の温度計にもっとも近いのを選んで、それをベッドの中で見ることにした。

このアプリでは、新たな地点を追加すればそこの気温と天候が表示されるので、最近、私はキーウ（キエフ）とオデーサ（オデッサ）を登録して毎朝チェックすることにしている。ウクライナ北部キーウの気温は信州の里山とあまり変わらず、南部のオデーサはもう少し暖かいが、両市ともこの1週間くらいでずいぶん春めいた気候になってきた。そろそろ、畑に野菜の種を播く頃だろう。

戦争による人手と燃料の不足のため大規模農場では小麦やトウモロコシの作付けが遅れていると聞くが、まだ侵攻を免れている地域の菜園なら、秋の収穫まで漕ぎつけることができるだろう。畑さえあれば、なんとか生き延びることができる。

2年目の家庭菜園　2022・5・9

我が家の家庭菜園は今年が2年目だ。

ワイナリーを建てるまでの10年間は夫婦で３５００坪の畑を耕し、曲がりなりにも生産農家として野菜を育ててきた。その後もスタッフの手を借りてワイナリーのカフェで料理に使う野菜を提供してきたが、ブドウ畑が増えるにつれて野菜畑の面積が減り、私たち夫婦が食べる野菜はスーパーや農協の直売所で買うことが多くなった。

去年、台所のすぐ前に小さな菜園をつくったのは、歳を取って遠くの畑まで夕食の野菜を採りに行くのが億劫になってきたのと、この土地に引っ越してきた頃の初心に帰って、自分で育てた野菜の美味しさをまた味わいたいと思ったからだ。

去年はトマトやピーマンがたくさん採れて夏の料理が充実した。それに味を占めて、今年はもう少し量と種類を増やそうと、ホームセンターへ行ってあれこれ苗を買い込んできた。

土を耕すにも苗を植えるにも、老人は1時間も作業するとすぐに腰が痛くなる。鍬《くわ》を振うのも休み休み。昔はこんな仕事、何時間続けても平気だったのに、と夫婦で昔話をしながら30年前を懐かしむ。

早めに切り上げてシャワーを浴び、冷えた白ワインを飲みながらテレビをつけたら、東京ではタワーマンションが大人気だというニュースをやっていた。

マンションの価格はバブル期以来の高騰で、都心の高層マンションは軽く億を超えるが、それでも販売開始と同時に売れてしまう勢いだという。東京オリンピックで選手村になった建物は、立地の割に価格が抑えられているのでとくに人気らしい。

もう、私は東京へは病院に行くだけになったし、人がたくさん集まっているようすを見ただけで身を引く習慣が身についた。だから関係のない話なのだが、東京湾に面した都心の高層マンションなんて、どうして住みたいと思う人がいるのだろう。

タワーマンションといえば聞こえはよいが、地震があれば低い建物よりも長時間グラグラと揺れ続ける。エレベーターは使えなくなり、火事が出たら逃げるだけで大変だ。湾岸が津波に襲われたら、孤立するしかないだろう。住むためではなく投資のために買う人も多いようだが、大地震のリスクが現実に予測される中でのタワーマンションに、はたしてそれだけの投資価値があるのだろうか。

人にはそれぞれの考えがあるし、私には他人事だから構わないが、こんな人口減少の時代に、東京にばかり人が集まるような施設が増えてよいのだろうか。

コロナ禍でテレワークを志向する人が多くなり、地方への移住希望者も増えているとは聞くが、実際にはまだ微々たる数である。

私はテレビを消し、苗を植えたばかりの小さな畑を台所の窓から眺めながら、この地域にも夥しく残る空き家と荒廃農地のことを思い浮かべていた。

都市に人を集めて経済をさらに活性化しようと考えるより、地方に人口を移して地域の暮らしを充実させるほうが、未来の日本にとっては有益なはずだ……。

もう未来には責任を持つことができない年齢なのに、農本主義者（?）はどうしてもそう考えてしまう。

チームプレイ

2022・5・16

毎朝のニュースで大谷選手の活躍を知るのが日本人の習慣になった。

投打にわたって抜きんでた成績を示すその技術と才能だけでなく、類い稀な身体能力を支える自己管理や、ファンや仲間に対するフレンドリーかつ紳士的な振舞いなど、彼の一挙手一投足が全米と日本の熱い注目を集めている。とりわけ、自分自身の成績よりチームの勝利を第一に考えて、いかなる献身をも厭わない姿勢が驚きと称賛の対象になっている。

大谷選手のような大天才の頭の中は推し量ることができないが、おこがましくも私なら……と考えると、チームの勝ち負けより自分の成績のほうが重要で、試合に負けても自分の成績がよければ満足するだろう。

日本では佐々木朗希投手の完全試合も話題になった。あわや前代未聞の2試合連続完全試合達成か、と思われた最終回に監督が交代を命じたことには賛否が分かれたが、本人は納得してベンチに戻ったと言っている。私なら、嫌です、自分の記録がかかっているのだから、もう1回投げさせてください、と抵抗するだろう。

ドラゴンズの大野雄大選手も9回までひとりのランナーも出さなかったが、味方が点を取れず、延長10回にヒットを打たれて完全試合は達成できなかった。が、その裏にサヨナラ勝ちしたので大野選手はよろこんで、自分の成績よりチームの勝利が大切だ、と語った。

これも、私には信じられない。1点でも取ってくれれば完全試合だったのに、と味方を恨むかどうかはともかく、チームの勝利を素直によろこぶ気分にはなれないだろう。本当に、私は心の狭い男である。

子供のとき母親が「幼稚園に行きたいか」と訊くと私が「幼稚園ってなにするところ?」と質問したので、「みんなといっしょにお絵描きしたりお遊びしたりするところよ」と母親が言うと、私は即座に「みんなといっしょじゃ嫌」と言って横を向いたそうだ。結局、幼稚園には行かなかった。

大学4年のときフランス留学から帰ってきたが、就活の時期に間に合わなかったので、奨学金を出してくれたスポンサー企業の特別の計らいで関連のテレビ局に入れてもらうことになった。私はかたちばかりの面接だけ受けて合格し、内定者の合宿に参加したが、合宿が終わるとその足でテレビ局の人事部に行き、「私は団体行動に向かないようなので」と言って辞退を申し出た。合宿でマラソンをさせられ、報道部のエライ人の訓示を聞いて、自分は会社員に向いていないことを悟ったのだ。

特別の計らいを蹴飛ばした信義にもとる行動は非難されたが、あの合宿からの帰りに就職を断ってひとりで歩き出したときの、不安だけれども底抜けに自由な、あっけらかんとした解放感はいまでも思い出す。

こんな心の狭い男には、自分よりもチームや組織を優先して考える人を、尊敬はするが理解はできない。

ギャンブル　2022・5・23

私はギャンブルというものをやったことがない。

麻雀をやったことはあるが賭けたことはないし、テレビの競馬中継は観るが馬券を買ったことはない。

パチンコも何回かやったがすぐに止めた。宝くじも一時はなんとかジャンボというやつを年に何回か買っていたが、数年前から買わなくなった。パチンコはともかく宝くじをギャンブルと考える人は少ないかもしれないが、運を天に任せて一攫千金を目論むのだから、技量や推量が求められない分、他の公営ギャンブルより賭博性が高いとも言えそうだ。あまりにも率が悪いから依存症になる人がいない、というだけの話で、私もいつも10枚に1枚、下1桁しか当たらないので諦めた。

年寄りがカネを溜め込むのがいけない。日本人はもっと投資をするべきだ、と言って政府はしきりに投資を奨めるが、私は株をやったことがないし、やろうと思ったこともない。株式投資はギャンブルではないとしても、私は「カネを元手にカネを増やす」という考えにどうしても馴染めない。

文章を書いて売れれば1篇でいくら。描いた絵が売れれば1点でいくら。できあがったモノに対する対価を受け取って暮らしてきた。絵や文章がなくても生活には困らないが、ひとついくらでモノをつくるところは農家や職人の仕事と変わらない。

長年そんなやりとりに慣れてきたので、額に汗してモノをつくることなく、スマホやパソコンを操作するだけでカネを動かす、という世界は、言葉は悪いが「他人のふんどしで相撲を取る」ようで、現実感をもって受け止めることができない。

コツコツと働くことしか知らない人間には、ネットカジノで大金を稼ぐ才覚もない代わりに、有り金を一瞬で失う危険もない。これまでの人生では何回か大きな賭けをしてきたから、あとは細々と生きていくだけである。

電柵

2022・5・30

仕事の手を休めてアトリエから台所へ下りて行き、コーヒーを淹れようと思ってポットに水を汲んでいたら、一瞬、視界の隅を動くものがよぎった。

流しの前は大きな窓になっていて、初夏の緑に覆われた森の樹木と、その手前の庭につくった小さな畑が見える。このあいだ苗を植えたばかりの家庭菜園だ。動くものは、菜園の端から素早く建物の陰に姿を消した。

スマホを取り出して待ち構えていると、しばらくして3匹の子ギツネが姿を見せた。気配を感じて建物の陰に隠れた後、そろりと顔を出したのだろう。私がカメラのシャッターを切ってから窓を開けると、あわてて森のほうへ逃げて行った。

今年の家庭菜園は、雑草取りの手間を省こうと、全面にシートを敷き詰めた。苗を植えた畝にはビニールのマルチシート、畝間には少し厚めの防草シート。菜園の面積は四角いテニスコートのようにシートで覆われ、どこにも土が露出していない。

その、せっかくきれいに張ったシートの上に、キツネがウンコをするのである。

あの子ギツネたちなのか、その親なのか、親戚なのか知らないが、ウンコは森ですればよいのに、わざわざ私たちの菜園までやってきて、張ったばかりのシートの上にウンコを置いて帰って行く。キツネもやっぱり清潔なトイレのほうが好きなのだろうか。

子ギツネは可愛いが、野菜の苗を齧られても困るので、シートの周囲に電柵を張ることにした。電柵というのは、畑の周囲にぐるりと張り巡らせた針金に弱い電気を通して、動物がそれに触れるとショックを受けて退散する……という仕掛けである。ワイナリーでは山沿いのブドウ畑に電柵を張ってシカやハクビシンを防いでいる。小さな家庭菜園に電柵を張るのも大げさだが、やむを得ない、台所の窓から見える森は動物たちの通り道なのだ。

森は建物の裏手にある里山の奥のほうから続いていて、ときどき尾根伝いに動物たちが下りて来る。クマは緑陰に隠れて姿を見せないが、シカの子供は台所の前まで来たことがある。親たちは警戒心が強くても、子供は好奇心に勝てないらしい。

森の尾根は我が家の前からはずっと下り坂で、村の集落のほうまで続いている。

その途中の山の斜面に、背よりも高い金網の柵が張られている。電気は通っていないが、山から村の中に動物が下りて来ないようにするための防御柵である。

私は農道のすぐ脇にあるその柵を見るたびに、防御柵が我が家と村の途中にあるのはなぜだろう、と考える。我が家は動物たちの家とひと括りか。

山の斜面に防御柵を張っても、クマやシカやイノシシは、私と同じように、行こうと思えば柵のない農道を歩いて村まで行くだろう。

その動物たちに、彼らのテリトリーの中に家を建て、その庭の畑に電柵を張ろうという人間は、どんなふうに見えているだろうか。

人を殴る

2022・6・6

暗い夜道を歩いていると、向こうから怪しい男がやってくる。

帽子を目深にかぶり、黒いマスクをして、両手をポケットに突っ込み、ややうつむき加減に私のほうを窺いながら近づいてくる。

道の両側は背の高い長い塀。脅されたら逃げ場がない。

かといって、踵《きびす》を返して逃げ出すにはもう近過ぎる。私はひそかに拳を握りしめ、いつもの手順を頭の中で反復した。

私が道の端に寄って避けようとしても、もし男が私に向かって近づいてきたら、彼には攻撃の意思があるとみなさなければならない。

なにか言いながら絡んでくるか、すぐに胸倉をつかもうとしてくるか。いずれにしても、先制攻撃が重要である。

もちろん、殴り合えば男のほうが私よりも強いに決まっている。だから、先走ってボクシングの構えなどしてはいけない。敵に悟られないため、両手をだらりと下げて無防備のまま、男が殴りかかってくるのを待つ。

最初の攻撃から、助走をつけて飛び込んでくることはないだろう。歩み寄って、自分の拳が届く距離まで近づいてから、殴りかかろうとするはずだ。

その寸前に、私は右足で思いっきり男の股間を蹴り上げる。男がよほど長身でない限り、男の腕の長さより私の脚の長さのほうが勝つ。

股間を蹴り上げられ、男は意外な先制攻撃にうろたえて思わず前かがみになる。そこへ、右からアッパーカット。顎を突き上げられて男がのけぞるところへ、こんどは左で顔面にストレート。2発のパンチで、男は道路に倒れ込む。

倒れてもそのままにしておくと起き上がるから、すぐさま男に飛びかかり、右足の膝で男の胸を押さえ、両手で頭を地面に打ちつける。ただし、あまり激しくやると死んでしまうから気をつけよう。

その後のことは……あまり考えていないのだが、通行人がいるようなら男のからだをひっくり返して背後から羽交い絞めにして警察を呼ぶ。そうでなければ男が立ち上がらないうちに遁走する、といったところか。

私はこの一連の行動を、昔から何度となくシミュレーションしてきた。若い頃に外国を旅していたとき、暗い夜道で屈強な男と出会った（が、なにごともなくすれ違った）経験から思いつき、その後も繰り返し反復してきたので、私の動きは一片の無駄もない流麗なアクションに昇華している。

私は、これまでの人生で、人を殴ったことは一度もない。これからの余生でも、人を殴ることはないだろう。だからこの流麗な動きは想像の中だけで繰り返されることになるが、想像の中にいる限り、私は負けることがない。

3年ぶり　2022・6・13

3年目を迎えたコロナ禍が、そろそろ収束の兆しを見せている。

5月の連休が過ぎても大きな感染者数の増加はなく、長野県でも善光寺のご開帳や御柱祭の里曳きなど、人が集まるイベントが決行されたにもかかわらず感染者数は漸減している。

ワイナリーのカフェにも、

「3年ぶりに来ました」

と言って訪ねてくる常連客が多くなった。2年間は我慢していたが、ようやく大手を振って旅行できるようになった。時間制限も飲酒制限もなく会食できるのがうれしい、と言って県外からやってくる。

先週は、高校の同級生の夫婦がやってきた。毎年何回かランチに来てくれる常連なのだが、最近2年間は姿を見なかった。

「東京から信州に行くと、クルマに石を投げられる、って言われていたし」

たしかに、そんな時期もありました。初期の頃には、感染者を出した家族が中傷に耐えかねて引っ越した、とかいう噂も。

「2年前は、みんなビクビクしていたから」

「それを思うと、最近になってようやく雰囲気が変わってきたね。このまま収まってくれればいいけど」

「でも、コロナは収まっても世の中は元通りにはならないね」

人の心の持ちかたも、働きかたもライフスタイルも、パンデミックの前と後では変わるだろう。元に戻るものもあれば戻らないものもあり、戻るほうがよいものもあれば戻らないほうがよいものもあるが、日本が度し難いほど旧態依然とした社会制度を持ち、情けないほど程度の低い政治家を選び続け、悲しいほど変わらない同調圧力にさらされる社会であることが明らかになった以上、あらゆる分野で思い切った世代交代が必要なことは間違いない。

ランジ歩き

2022・6・20

私がいまの土地に引っ越してきたのは30年前だが、その頃は村の道を手ぶらで歩く人はいなかった。農家はたいがい軽トラで移動するからそもそも歩く人が少ないのだが、手に鎌などの農具を持っていればまだしも、手ぶらで歩いていたら怪しまれてもしかたがない。

犬を散歩させる人も、いまよりもずっと少なかった。それでも犬を連れていれば歩く理由が分かるが、犬も連れず農具も持たず、田畑に沿った道をただ歩く者は不審者とみなされる時代だった。村にウォーキングをするお年寄りがあらわれたのは、いまから10年ほど前のことだろうか。

ウォーキングも、最初のうちは専用の杖を大きく振って歩く(見ればすぐにそれと分かる)スタイルだったが、最近は何も持たない人が多くなった。体力を労働で使い切っていた時代から、余った体力を健康のために使う時代が来て、昔と違って田舎でも手ぶらの歩行者が珍しくなくなった。

企業はヘルスケアの分野に注力し、メディアは高齢者に運動を奨めている。最近では、ただ歩くだけでは筋力を維持できない、もっと負荷のかかるトレーニングが必要だ、という論調が主流のようだ。

多くの識者はスクワットを奨めるが、私は「ランジ歩き」が普及するとよいと思っている。片方の足をできるだけ遠くに踏み出し、その足に重心をかけて、膝から上が地面と平行になるくらいの状態を保つ。大腿筋が限度に達したらその足を元に戻し、次に反対側の脚で同じことをやる。これがランジと呼ばれる筋トレの種目で、バーベルやダンベルを持ってやればより負荷が高まるが、自重だけでも十分効果がある。このランジを、歩きながらやるのである。

まず右足を遠くに踏み出して大腿筋が震えるまで耐え、そのまま右足を起点にして進みながら左足を遠くに踏み出す。そして左足に体重をかけ……これを繰り返しながら歩くのだ。簡単だがキツイ運動で、できる範囲でやれば高齢者の筋トレにも最適だと思うのだが、人に見られると恥ずかしいのが欠点だ。私はときどき犬を散歩させながらやることがあるが、人やクルマが近づいてくるとパッと止める。

ランジ歩きが普及して、みんなが腰を落として歩くようになれば、不審に思われることもなくなるのだが。

監視旅行

2022・6・27

欧米やアジアでは本格的に観光客の受け入れをはじめたが、日本はなかなか慎重である。いちおうビジネス往来以外の渡航を認めるようになったとはいえ、グループ客のみ、添乗員つきという限定で、個人観光客にはまだ門戸が開かれていない。

アメリカの友人から電話がかかってきた。

彼は日本生まれだが小さい頃からアメリカで育ち、アメリカ人と結婚して家庭を築いている。リタイヤしてからは毎年数回日本に来て和食を食べたり温泉を巡ったりするのを楽しみにしているのだが、日本の国籍を捨ててしまったので、信州に土地と家を持っているのに来日することができない。ビジネスなら行けると聞いてあれこれ画策したが、審査が厳しくて申請はすべて却下された。

「いつになったら日本は国を開くのかな。もう2年半も行けないままだよ」

電話のたびにそう嘆いていた彼が、今回は開口一番、

「日本が観光客を受け入れるというニュースがあったので、早速航空券を買おうと思って問い合わせたら、アメリカから行けるのはまず50人だけ、って言われた。いつになったら順番が回って来るのだろう」

と言ってがっかりしていた。

「そのうちに枠が広がって、制約もなくなると思うよ。いまは少人数のグループ旅行だけで、しかもかならず添乗員がついて行動をチェックするらしい」

許可されるのがどんな旅か知らないようなので教えてあげた。

「マスクは常時着用が基本で、マスクを外したまま15分が経過すると添乗員に注意される。食事のときはマスクを外してよいが、会話は控えるようにと添乗員に注意される。けっこう監視が厳しいみたいよ」

40年ほど前に中国やソ連に行ったときは、かならず国営旅行社の添乗員が同行して行動を監視していた。中国では汚い路地に入ろうとすると押し止められ、ソ連では事前に申請した経路から外れてはいけないと注意された。私は添乗員の目をごまかして路地裏の民家の台所に上がり込んだり、ウオツカの密造所を見つけて潜り込んだりしたが、下手をすれば強制送還ものだ

った。

「まさか現代の日本ではそこまでしないだろうけど」

「そんな面倒な旅なら、もうちょっと自由になるまで待つことにするよ」

彼の我慢はまだ続きそうだが、日本人はいつになったらマスクを外すのだろう。

災害的猛暑

2022・7・4

明け方から、ひさしぶりに雨の音を聞いた。

先週の土曜日は、上田市の気温が38・8℃で日本一だった。我が家は上田市の中心から400メートルほど山を登ったところにあるのだが、それでも早朝から23℃もあり、昼過ぎには33℃まで上昇した。風通しのよい日陰にある軒下の温度計でこれだから、直射日光の下では40℃くらいになっただろう。

それが昨日の日曜日は早朝が22℃で昼間も24℃止まり、雲が出て気温が下がった。ときどきパラパラと雨も降ったが、降り出すとすぐに止み、夜半を過ぎても雨にはならなかった。

雨の音を聞いたのは、眠りから覚めたベッドの中である。

朝のベッドで雨音を聞くのは農家の至福である。

畑仕事は休みで、天が水やりをしてくれる。

起き出して軒下まで温度計を見に行くと、朝6時の気温は18℃。ようやく季節外れの猛暑から解放されそうだ。

最近のテレビはニュースもワイドショーも猛暑のことばかり。熱中症の注意、水の飲みかた、クーラーの使いかた……いくら言ってもクーラーが嫌いな老人にはテレビも役立たない。昨年は「猛残暑」という新語を知ったが、今年は「災害的猛暑」だそうだ。これ以上暑くなったらどうするつもりだろう。

逃走論

2022・7・11

絵を描くペースを少し落として、午後の時間はもっとからだを動かそう、と春の頃は思っていたのだが、早過ぎる猛暑のおかげでペースが狂った。

菜園仕事をやると言っても、外に出られるのは早朝と夕方のわずかな時間だけ。朝はすぐに暑くなるし、夕方はいつまでも気温が下がらない。「家庭菜園で老人夫婦が熱中症」……なんてニュースにはなりたくないので、パッと外へ出てパッと戻る。短い時間でできる作業は、野菜が大きくなり過ぎる前に採るくらいが精一杯、電柵は買ったものの設置作業は諦めた。

その分、家にいる時間が増えて、結局絵ばかり描いている。

アトリエにマシンはあるが筋トレはずっとサボっている。犬の散歩は朝晩やるが遠くへは行かない。犬もそろそろ10歳だから、あまり歩こうとしなくなった。散歩や運動は、絵を描く時間を減らすからやりたくないのだ。

朝から夕方まで、昼寝を挟んで7、8時間。花の水彩画を描き続けている。1枚描けば、また1枚。比較的小さな作品を週に3点仕上げることもあれば、1点の大きな作品に1週間かけることもあるが、どんどん作品が溜まっていく。

もちろんそれらの作品は、いずれ展覧会があれば出品することになるが、注文や締め切りがあるから描いているわけではない。ただ、描くのが好きで、描きたいから描いているだけである。

いま、私がやりたいのは絵を描くこと。

体力的に8時間以上は集中できないので後の時間は料理をつくったりワインを飲んだりして過ごすが、その間もつねに絵のことを考えている。

夜寝る前はベッドの中で描きかけの絵のことを考え、朝起きるとすぐアトリエにその絵を見に行って次の段取りを考える。

絵を描いているあいだはBGMのようにテレビのニュースやワイドショーをつけておくのが以前からの習慣だが、最近はそれもうるさくなって、チェロやピアノのクラシック曲を小さい音で流すだけになった。

私が絵に夢中になっているのは、社会や世間から逃れたいためだと思う。

戦争や貧困や格差についても、経済や社会やエネルギーについても、いうまでもなく政治と政治家についても選挙や政党についても、以前はどんな問題にも何らかのコメントができる人間でありたいと願っていたが、いまはすべてに口をつぐんで逃げ出したい。

嫌な世の中になった。ただそう思うだけである。これは単によくある老人の繰り言か。それとも私だけでなく多くの日本人の心の底に、同じような絶望と諦念が淀んでいるのか……。

権利と義務

２０２２・７・18

また肝臓にガンが見つかった。
3、4カ月に1度、東京の病院で検査をする。そのときガンが見つかれば、すぐに入院して焼灼する。最初にガンが見つかってから今年で7年、今回は10回目の入院だ。いつもの「入院セット」を持って、夏休みの小旅行に出かける気分で新幹線に乗り込んだ。

入院したら、約1週間は絵を描けない。入院が決まってから実際に入院するまで正味6日間。いつにも増して時間を惜しみながら絵を描いた。

労働は義務で、休息は権利であると多くの人が思っている。が、それは雇用されての労働や、他人にやれと言われてやる作業、嫌だけどやらなければならない仕事、などの場合である。

自分から進んでやりたい運動や労働、他のことをさて置いてもやりたいゲームや作業、誰に頼まれたわけでもないが楽しくて止められない仕事、などの場合は、好きなことをやるのはその人の権利であり、疲れ過ぎないようにときどき休むことが義務になる。

次々に花が咲く季節に1週間も家を留守にするのは辛いが、強制的に止めてくれない限り止まらない状態になっていたから、ちょうどよい機会かもしれない。

もしガンが見つからなければ、あのまま止まらずにオーバーワークになってしまい、他の病気になっていたかもしれない……。

と、例によって楽観的に考えることにしよう。

人手不足

2022・7・25

同じ病院に7年間で9回も入院して同じ手術を受けていると、入院から退院までの流れはおのずと把握できるようになる。今回も、連休で無為に過ごした2日間だけ余計になったが、いちおういつものルーティーンに従って退院の日を迎えた。

7年のあいだに変わったのは、施術室の設備が拡充したことと、画像解析の精度がさらに上がったことだろう。針を刺す位置を決めるのにも、以前は数人がかりで時間をかけて慎重に協議していたのに、今回は若い担当者がひとりで画像を確認して5分で終わった。

全体の指揮をする教授は変わらないが、サポートする医師はみな若い人たちに変わった。かつて教授の助手を務めていた医師たちは、いまは他の病院でトップになって後進を育てているのだろう。

看護師さんにも、知っている人はいなくなった。最初のうちは入院のたびに再会をよろこび(?)あったものだが、今回は新しい人たちばかりで、9回も入院していることを知ると古顔としてリスペクトしてくれた。

若くて撥溂《はつらつ》とした人たちが献身的な仕事に進んで取り組む姿を見るのは、老人にとっての何よりの眼福である。こうした仕事を志望する若者が今後も途絶えないことを祈りたい。

日本の人手不足については10年以上も前から実感してきたが、コロナ禍の3年で見えにくくなっているうちに、さらにいっそう進んでいた。

レストラン業界では、シェフがいても助手がいない。だからワンオペの店ばかり増えるのはもう何年も前からの傾向だが、労働時間と報酬が釣り合わないブラックな仕事に若者が集まらない状況はさらに悪化しているという。

建設業界では、現場監督クラスの人材が払底しているそうだ。目ぼしい人材は大手ゼネコンに引き抜かれ、地方の工務店は億単位の仕事が入っても人がいないために請けることができない。来年20周年を迎えるワイナリーのカフェを改修したいのだが、資材高騰と人手不足で実現できるかどうか分からない。

どれも入院中に友人から受けた電話やメールで知った情報だが、そう思って病院の中を歩いてみると、ひと目見て外国人と分かる医師や看護師はほとんどいない。

介護の現場はもちろん、店員から漁師から農家まで、もはや日本は外国人なしでは動かない国になっている。

いずれはどの病院でも、外国人の医師や看護師がふつうに働く風景が日常になるのだろうか？インド人の内科医にユダヤ人の外科医……なんて、優秀そうな気もするけど。

冷房

2022・8・1

1週間あまりを東京で過ごして戻ってくると、里山の朝晩は秋の気配だった。まだ7月だというのに、お盆が明けた頃のような、寂寥感のある斜めの日差しと、首筋を撫でる風の涼しさ。今年は6月が猛暑だったので、早くも夏のピークが過ぎてしまったのかと思った。ところが、そんな思いは2日で吹っ飛んだ。夏の終わりを感じたのは束の間、また6月のような暑さがぶり返したのだ。今年は梅雨明けが2回あるということか。

やむを得ず、暑い時間には冷房を入れることにした。

里山暮らし30年、もともと夏の冷房は不要だったが、10何年か前から、アトリエ、台所、寝室と、順次必要に迫られてエアコンを設置してきた。

それでも、夜はエアコンを切って窓を開けて寝る。最近は夜中でも20℃を超える日が続いて寝苦しいこともあるが、エアコンの冷気に当たるよりはましである。

毎日猛暑のニュースが伝えられ、エアコンはつけっ放しで寝るほうがよい、と識者がさかんに解説している。年寄りは電気がもったいないとか、冷房をつけて寝ると具合が悪くなるとか言ってエアコンを使わない傾向があるが、それは間違いなのだという。新型のエアコンは省エネだし、エアコンの冷気は天然の冷気となんら変わることはない、からだに悪いというのは迷信で、科学的に根拠がない、と力説する。

しかし、私は古くさい老人だ。エアコンはやむを得ないときに少しだけ使う。電気がもったいないという気分もあるが、なによりもあの人工的な冷気が気持ち悪い。

都会の熱帯夜なら一晩中エアコンをつけておくのもやむを得ない選択だとは思うが、あの人工的な冷気の中に長時間身をさらして何も感じないのだとすれば、それはからだのほうが間違っている。

私は入院してから3日もすると喉が嗄れはじめ、退院の頃はまともにしゃべれないくらいだった。冷房にやられたのだ。病院は廊下も病室も四六時中エアコンがついていて、窓は開かない。

家に帰ってからは、階下で夕食を摂っている間に寝室を冷やしておき、寝るときは窓を開けて冷房を切ることにした。そうして声が元に戻るまで、退院してから4日ほどかかった。

リハビリ　2022・8・8

退院から2週間、入院から数えれば3週間あまりが経過したので、リハビリをはじめた。

入院の日から断っていたワインを、また飲みはじめるためのリハビリだ。最初の日はグラス半杯、2日目は1杯。3、4日かけて、夕食のときに毎日3杯ほど飲むいつものペースに戻していく。

私が定期的に受けている施術は、画像診断で発見した小さなガンの病巣を、わき腹から刺した針の先端をラジオ波またはマイクロ波で焼くというもので、眠っているうちに痛みもなく終わるダメージの少ない方法だが、小さな面積でも肝臓の一部を焼くわけだから、術後には肝機能を示す酵素値（GOP／GTPなど）が上昇する。これまでの経験では、数値は術後約1週間でピークに達し、2、3週間後には元に戻っている。だからそのタイミングで、ワインのリハビリをはじめるのだ。

最初はグラス半杯でもアルコールを感じて、ほんのり酔うような感覚がある。それがリハビリを進めるうちに元に戻り、3杯くらいではまったく酔わなくなる。

私の場合、医師が同意してくれるかどうか分からないが、この程度の量なら毎日飲んでも肝機能には影響がないようだ。

酒を飲むなという医師には、これはライフスタイルだから、と言って抵抗する。夕食のときにワインを飲むのは私が長年にわたって築いてきた生活習慣だから、譲るわけにはいかないのだ。

日本人は、酒を飲むのは酔うことだと思っている。家ではあまり飲まない人も、居酒屋や宴会では潰れるまで飲む。コメの収穫祭に起源をもつ日本酒は、酔った姿をカミに見せることで感謝を表現するのが慣わしである。

が、ワインはもともと食事の一部なのだから、飲んでも酔ってはいけないのだ。フランス人が酔わないのは酒に強いからではなく、それが社会規範だからである。

日本でもワインを飲む人が増えたのはうれしいが、大勢が集まって飲むと、かならず度を過ごす人があらわれる。

今年の秋はおそらく3年ぶりにワインフェスタのようなイベントが各地で開催されると思うが、そういう催しでは毎回のように酔い潰れる人が出て、トイレを汚したり救急車で運ばれたりする。そういう話を聞くたびに、やっぱり日本にワインは定着しないのかなぁ、と思って寂しくなる。

もちろんワインだけの話ではない。日本酒だって焼酎だって、せめてほろ酔い程度に抑えて楽しむことはできないのか。夜の繁華街で、酔い潰れて路上で眠る若い人たちの姿をテレビのニュースで見ると、この国の強固な伝統は永遠に変わらないだろう、この世界にワインが割り込むのは難しい……と、ワイナリーのオーナーとしてはいささか暗い気分になる。

お盆

2022・8・15

村で新盆を迎える家があるので、隣組の仲間といっしょにお見舞いに行った。

街灯もない暗い道の向こうに盆提灯の光が見え、近づくと開け放たれた座敷に花で飾られた仏壇があった。手前の縁側に用意された焼香台の、香炉の脇には精霊馬が並んでいる。キュウリの馬と、ナスの牛。田舎では、まだこんな風習が生きている。

私は小さい頃に母親と迎えたお盆の情景を思い出した。

8月13日の夕方、そろそろ薄暗くなる時刻に、門から玄関に続く敷石の上に苧殻《おがら》を載せた焙烙《ほうろく》を置き、残りの苧殻をキュウリとナスに刺して馬と牛の足にする。

苧殻は麻殻、麻幹とも書くように、麻の茎の皮を剝《は》いで乾燥させたもので、昔は茅葺屋根の下地に使われたそうだが、私が子供の頃でも東京ではお盆用品として店で売っていたのだと思う。軽くて乾いた苧殻は火をつけるとすぐに明るい炎を上げ、精霊はそれを目印に家に帰ってくる。

苧殻を燃やすのは母の仕事だが、馬と牛をつくるのは私の役目だ。乗り物がぐらつかないように足の長さを慎重に調整し、迎え火に続く敷石の上に置く。門扉と玄関の戸は開けておき、馬と牛は頭を玄関のほうに向けて並べなければならない。私は並べるだけでは飽き足らず、パカパカ、モウモウと口ずさみながら馬と牛を動かした。聖霊は家に帰るときは気が急くので早い馬に乗り、冥界に戻るときは後ろ髪を引かれるので足の遅い牛に乗る、といわれるが、私は父親がどちらを選ぶか分からないので両方とも同じスピードで歩かせた。

父が亡くなったのは私が小学校に入る前の年だ。思い出しているのは8歳か9歳の頃の情景だから、母にとってはまだ喪失感の癒えない時期だったろう。

お盆の間だけ、3泊4日で戻ってくる夫。子供の私は暗くて広い家のどこかに父の魂が漂っているのかと思うと不気味だったが、母はひさしぶりに夫の存在を身近に感じて心を慰めていたのかもしれない。

焼香を上げて挨拶をして、新盆の家を辞すとそこはまた闇だった。

月も星もない雨模様の田舎の夜は、道と草叢の区別さえ覚束ない。携帯の光で足元を照らしながら、村の中の道を歩いていくと、遠くの家にもうひとつ盆提灯の光が見えた。

車椅子

2022・8・22

お盆が過ぎて、ようやく秋らしい気候になってきた。

まだ暑い日はあるが、朝晩はそれなりに涼しくなったので、ひさしぶりにブドウ畑を歩いてみた。

足腰がだいぶ衰えている。

朝は朝食前に犬を連れて散歩に出るのだが、犬も歳を取って昔のようには長く歩かないし、短い散歩でも戻ってくる頃には太陽が射して暑くなっている。夕方も、台所の前の菜園で収穫をして、採れた野菜でラタトゥイユやピペラードなどを大量につくるのに2、3時間はかかるから、ウォーキングをしている暇がない。そんな夏を過ごしているうちに、以前はなんでもなかった上り坂が辛くなってきた。

そのときにいちばんやりたいことしかやらない、というのは子供の頃からの私の性癖で、からだのために運動をしなければ、と思っても、いまは運動より絵を描くほうが面白い、という気分なので、歩く時間も惜しんでアトリエにこもっている。

テレビを見ても雑誌を読んでも、老人は運動をしろ、筋力をつけろ、という合唱ばかりである。ウォーキングにスクワット。やればよいことは分かるが、いまは興味が湧かない。

歩かなければ衰えるというが、それなら車椅子の人はどうするのか。車椅子で暮らしながら、100歳まで生きる人はたくさんいるだろう。

車椅子といえば、思い出す人がいる。

50年くらい前、海洋開発の仕事でアメリカに行ったことがある。プロのダイバーの通訳として、最新の潜水機器を調査するのが目的だった。

いくつかの企業や研究所を巡ったが、もっとも印象に残っているのは、カリフォルニアの海が見える家で開かれたパーティーである。ドクター・フレミングという海洋学者が、私たちに関係者を紹介しようと自宅に招いてくれたのだ。

たしか高級別荘地として知られるマリブの一角だったと思うが、カリフォルニアの青い海を一望するガラス張りの窓に、趣味のよいインテリアに彩られた広いサロン、シャンパンやワインを片手に談笑する大学教授や企業経営者のカップルたち……まだ学生気分が抜けない私は、まるで映画のようなアメリカのパーティー風景に気圧されていた。

と、そこへ、少し遅れてパーティーの主役が登場した。

ラフな服装で、車椅子に乗ったドクター・フレミング。拍手に応えて簡単なスピーチを済ませると、車椅子を自在に操って参加者のあいだを泳ぐようにまわり、人を紹介したり、飲みものを用意したり、冗談を言って場を和ませたり、にこやかな笑顔で颯爽とパーティーのホストを演じていた。

なんてカッコいいのだろう。自分もいつかこんなことをしてみたい……と私は感動し、以来、車椅子というとドクター・フレミングの姿を思い出すようになった。

歩かないために足腰が弱って歩けなくなったら、車椅子に乗ればよい。最新デザインの車椅子に乗って、ドクター・フレミングのようにパーティーを開くのだ。

そう思って、散歩に出かける代わりに車椅子のカタログを検索している。

身が縮む

2022・8・29

私は長いこと、身長は170センチと自称していた。高校に入学したときが167センチで、その後3センチほど伸びて止まった。クラスの中では、平均よりやや高いほうだったと記憶している。

大人になると、めったに身長を測る機会はないものだ。私の場合は、40歳前後に事故や病気で入院したときに、病院で測ったら168センチと言われてショックを受けた。そのとき人の身長は20代でピークに達し、30歳を過ぎると減るものだと教わったが、その後しばらく身長のことは忘れていた。

毎年1回か2回測るようになったのは、70歳のときにガンが見つかって、しばしば入院するようになってからだ。入院すると、最初に身長と体重の測定がある。

身長測定は、何歳になっても屈辱的だ。台に乗って、できるだけ背と首を伸ばそうとするが、看護師さんは遠慮なく頭の上から木の棒を押し付ける。この7年間に身長はさらに縮んで、最新の計測では164センチと言われてしまった。

私の身長がいちばん高かったのが20歳から30歳のときだとすると、1965年から1975年にかけてである。東京オリンピックが1964年、大阪万博が1970年。日本経済が高度成長を遂げていた時期に合致する。

その後、一時のバブルが弾けて経済が停滞すると、そのまま日本は「失われた20年」に入り、いまも長い低迷の時代が続いている。世界の先進国と較べると日本だけが取り残されている事実を示す、GDPや賃金が横ばいから漸減する方向をたどる折れ線グラフを最近よく見かけるが、あの曲線は私の身長の記録とよく似ている。

スズメバチの巣

2022・9・5

毎年、庭の樹木や家の軒下にスズメバチが巣をつくる。

大型のキイロスズメバチで、巣のまわりにはいつも偵察隊のハチが飛んでいて近づくと威嚇してくる。気づかずに偵察バチと巣の位置の間に入り込むと躊躇なく攻撃するといわれ、実際、刺されて救急車で運ばれた人を何人も知っている。

今年はブドウ畑の土手の石垣に巣をつくったらしく、大量のハチが飛んでいるが巣の位置が分からないので業者を呼んだ。プロの駆除業者は1日かけて土中へと続く出入口を発見し、夜になってから駆除作業を完了した。

ホッとしていたら、こんどは自宅の裏庭にスズメバチが増えた。見上げると、2階の軒下に大きな巣があった。

同じ業者に電話して駆除を依頼したら、高過ぎてハシゴが届かないので高所作業車が必要になり、それだけで4万円かかるという。霜が降りる頃にはスズメバチの活動も終わるから、あと2カ月ほど、あまり裏庭に出ないようにすればよい。よく考えます、と言って電話を切った。

その数日後、物置になっている屋根裏部屋に上ったら、軒下の小窓の外にもっと大きな巣ができていた。

建設中の巣のようで、大きなキイロスズメバチがさかんに飛び回っている。小窓はガラスの引き戸になっていて、片面にだけ網戸が固定されている。網戸の網に穴が開いていないことを確かめてからそっとガラス戸を引くと、すぐに一匹のハチが威嚇してきた。

手の届く範囲の小さな巣なら、これまでもスプレー式の殺虫剤で退治してきた。ハチ・アブ専用の強力な薬剤があって、ジェット式のノズルから噴射すると数メートル以上の距離まで届く。朝、まだ暗いうちに寝込みを襲えば安全なので自信はあったが、この巣はこれまでのものとは較べものにならないほど大型だ。

それに、こんなに近い位置からは噴射したことがない。薬液が網戸の網に当たって跳ね返ってきたり、風で戻ってきたりしたらどうするか。網に直接ノズルの先端を当てて噴射すればよさそうだが、そもそも巣が網戸に近過ぎて、どこに出入口があるのか分からない。巣の壁に当てても中まで届くかどうか。ノズルの先端が網を傷つけて破れたらどうするのか……。

3日間、夫婦で作戦を協議した。

で、思い切って決行。結果は、案ずるより産むが易し、であった。薬液はあまりこぼれずに巣の外壁を直射し、土や粘液でできた巣の壁から中にまで染み込んだのだろう、ハチたちが巣に戻っている夜に連続して噴射したら、数日後には飛んでいるハチが1匹もいなくなった。

危険を察知して、どこかへ逃げたのだろうか。

中にいる女王バチはどうなったか。世話する係がいなくなれば、自分で飛べない女王バチは死ぬしかない。可哀そうなことをした……と心が痛むが、人間も命を懸けているのだから勘弁してくれ。

成功に味を占めて、2階の軒下の巣にもベランダからからからだを伸ばして噴射した。ジェット噴霧は8メートル届くとか10メートル届くとか各メーカーが性能を競っているが、最適距離は4、5メートルだそうだ。軒下の巣は庭からは届かないが、2階の寝室にあるベランダの端からだと、斜め上にちょうどそのくらいの距離になる。最適距離というのは、このくらいあれば逃げ惑うスズメバチも飛んでこないという、人間にとって安全な距離なのだろう。網戸越しなら10センチでもよいとは、どのメーカーの缶にも書いてない。

2階の軒下の巣も、何回か噴霧するうちに活動がほぼ終わった。2個の巣を壊滅させるのに使ったスプレー缶は全部で4個。費用は高所作業車の10分の1で済んだ。

歩く湿度計

2022・9・12

毎年のことだが、梅雨入りから夏の終わりまでピノは散歩を嫌う。

柴犬が気難しいことは多くの飼い主から聞くが、うちのピノの場合は、首輪の着脱のときに突然咬みつく癖があるのと、湿度の高い日が続くと散歩に行かなくなるのが悩みの種である。

ふつう散歩は1日に2回、朝起きてご飯を食べるとすぐと、夕方にもう1回。台所の勝手口に立って呼ぶと足元まで寄って来るからリードを繋ぐ。

ところが湿度の高い日には、いくら呼んでも近寄って来ない。サンポとかオシッコとかいう言葉を聞くとよけい頑なになるようで、階段に続く廊下の端に背を向けて寝そべり、後ろ姿の全体で拒絶感を表明する。

何度誘っても来ないといったんは諦め、2階に上がって書斎かアトリエで少し仕事をしてから、また誘うと起き上がってついて来るからこんどは行くのかと思い、勝手口に立ってリードをもった手を首輪に伸ばすと、その瞬間ひらりと身を翻して戻ってしまう。無理に手を伸ばすと嚙まれるから、近づいたり逃げたりまた戻ったり、毎日そんなふうにして20分も30分も無駄に時間を過ごす。

ピノは家の中では絶対に用を足すことがないので、外に出ないと困るのではないかと（とくに小便の近い私は）心配する。結局1日に1回は行くことになるのだが、それが午前中なのか午後になるのか分からないので、そのために外出の予定を変更したことが何度もある。

今年は、6月末に梅雨が明けたかと思ったら、また雨が降り出し、気象庁も後から梅雨明けを7月末に変更した。

6月末に梅雨（もどき）が明けた日、ピノは朝ご飯が済んだあと突然自分から散歩に行こうと近寄ってきた。が、また雨が降りはじめると再び頑なな態度に戻った。本当の梅雨が明けて8月に入ってからも連日湿度の高い日が続いたので、散歩のペースは1日に1回のままだった。

ひさしぶりにピノが積極的な態度を見せたのは、先週の土曜日、中秋の名月の日のことだった。この日から朝晩の温度が急に下がり、空気が乾いて秋らしい天気になった。それからは朝と夕方、呼ぶとすぐに近寄ってきて、繋いでくれと首を差し出すようになった。ピノ、おまえは歩く湿度計か。

国葬

2022・9・19

エリザベス女王の国葬が執りおこなわれた。

在位期間が長いからという理由で国葬になったわけではないが、70年の在位は史上最長。これまでの記録はヴィクトリア女王の64年である。ヴィクトリア女王は19世紀の後半、世界に先駆けて成し遂げた産業革命の成果が各分野に及んで、経済の高度成長が実現した時代に君臨した。

この時代の英国は、世界に版図を広げて帝国を築く一方、国内では中産階級と呼ばれる小金持ちが生まれて、都市での消費生活を享受した。

家を建てるカネはあるが広い土地は買えない中産階級は、狭い「ウサギ小屋」のような家に家具をいっぱい詰め込んで暮らしたので、息抜きにスポーツをしたり旅行に出かけたりするようになった。

それまではスポーツといえば乗馬や狩猟など貴族の特権で、農民や労働者は無駄に体力を使う余裕がなかった。一生に一度巡礼に行く者はいても、気軽に旅行を楽しむことなど考えられもしなかった。サッカーやラグビーをはじめ現在世界でおこなわれているスポーツの大半が生まれたのも、世界で最初の旅行代理店ができたのも、この時代の英国である。

それからちょうど100年後の20世紀後半、昭和の経済高度成長で日本は同じ状況を迎えた。ヴィクトリア女王の在位は1837年から1901年。1901年の1月に女王が亡くなり、その3カ月後に昭和天皇がお生まれになった。そして昭和天皇の在位も足かけ64年にわたっている……。

この不思議な符合は私が発見したものではなく、いまから30年ほど前に日本リゾートオフィスクラブを立ち上げたとき、オーストラリアのテレワーク研究者ウェンディー・スピンクス女史から教えられたものだが、日本の社会がちょうど100年遅れて英国の後を追っている、という歴史が面白く、機会あるごとに紹介してきた。

はたして、日本は100年経ったら本物の国葬が営めるのか？

菜園仕舞い

2022・9・26

台所の前の家庭菜園を整理した。まだ実をつけているナスとピーマン、トウガラシを除き、トマトは根を抜いて支柱を取り外し、すでに枯れていたキュウリとインゲンも引き抜いた。

ズッキーニは、今年は珍しく出来が悪かった。

ズッキーニは例年なら6月が最盛期で、1日に2回は見回らないと大きくなり過ぎるほど生長が早い。7月までは次々に実をつけて食べ切れないほどだが、8月に入ると勢いが止まる。そして暑さが収まると再び元気を取り戻し、9月末まで最後の果実を提供する……はずなのだが、今年は6月が猛暑だったので生育が悪く、その誤算が後まで影響した。実をつけても大きくなる前に腐ったり変形したり、秋になっても回復しなかった。それでもまだ2株は花をつけているので、最後に花だけでも食べようかと残すことにした。

今年出来がよかったのはキュウリとナスである。キュウリはあたりかまわず傍若無人に蔓を伸ばし、葉陰に隠れて見逃すと翌日は巨大になっている。大きくなり過ぎたものは皮を剝《む》いてサラダにした。

ナスがこれほどよく出来たのは初めてだ。いつもはテントウムシに食われて表面が傷つくのに、今年はひとつも虫にやられることなく、ピッカピカの美しい実がたくさん実った。採れたての焼きナスは最高だった。

それにしても、今年は夏が暑過ぎた。畑仕事ができるのは、朝起きてすぐの30分と夕方暗くなる前の30分くらい。太陽に当たると熱中症になりそうで、昼間は外に出られなかった。来年はどうなるだろうか。

巨大な台風、暴力的な豪雨。世界からも酷暑、旱魃、洪水などの報告が相次いだ。

地球温暖化が引き起こす大規模な気候変動は止まることを知らず、ひどくなることはあっても収まることはないだろう。土砂にまみれた旅館や倒壊した鉄塔の映像をニュースで見ると、これをどうやって復旧するのだろうと、暗澹たる気分になる。いったいどれだけの費用と、どれだけの人員が必要になるのか。

カナダのトルドー首相はハリケーン対策のため来日を取りやめたそうだが、日本も国葬なんかやっている場合ではない。

77歳

2022・10・3

今週の土曜日、私は77歳になる。先週の土曜日は、80歳になる友人の誕生日を祝った。

そのときに集まった仲間も、これから続々とその後を追う年齢だ。

自分の歳を数えるたびに、50代や60代、ときには40代の若さで死んでいった同世代の友人たちを思い出す。彼ら彼女らが生きていたら、私の人生ももっと豊かなものになっていたはずだ、と思うと同時に、その生死の境を分けたものは何だったのか、病気になるのも事故に遭うのも決して本人の責任ではない……と考えれば、私が感謝すべきは単なる「偶然」なのだろうか。あいにく宗教心がないので、その「偶然」を差配する存在には思い及ばず、この先も行き当たりばったりで死ぬまで生きていくことになるだろう。

ちまき肉おどる

2022・10・10

中華料理に肉粽（ローツォン）という食べものがある。もち米を炊いた中に豚肉やシイタケ、タケノコなどを甘辛く煮たものを包み、竹の皮に包んで蒸し上げた、中国南方の肉ちまき。

熱々の皮を留めている細い竹の紐をほどくと、うまそうな色合いに染まったもち米の中から、湯気を上げた豚肉が顔を出している。さあ、食べよう、と箸を出してもち米を崩そうとしたら、コロン、と中の豚肉が飛び出して転がった。

その瞬間、食卓を囲んでいた友人のTが言った。

「ちまき、肉躍る」

そのタイミングのよさに、思わず大声を出して笑った。

地口、駄洒落、おやじギャグ。私も言葉の反射神経には自信があるほうだが、このときばかりは参ったと思った。食卓を囲む数人が同時にドッと笑ったが、Tの瞬間芸はこれだけでは終わらなかった。

転げ出た豚肉を拾って食べていると、誰かがおならをした。

それも、ひどく臭いおならである。

「おい、腹の中が発酵しているんじゃないのか」

「八甲田山、死の彷徨」

また、やられた。これは傑作だ！

陸軍の歩兵連隊が対ロシア戦争に備えた雪中行軍を敢行し青森県八甲田山の山中で遭難、参加者210名のうち199名が死亡するという惨劇が起きたのは1902年のことだが、これを題材とした新田次郎の小説『八甲田山死の彷徨《ほうこう》』が発表されたのが1971年、『八甲田山』というタイトルで映画化されたのが1977年。78年にはテレビドラマにもなっている。Tの「ちまき肉躍る」と「発酵田山、死の芳香」という地口はいまから20年近く前の話だが、私たちの世代には映画やドラマの記憶が残っていて、「八甲田山」と聞けば雪中の彷徨を思い出すから、まさしく傑作と思われたのだ。

Tは私より7歳か8歳年下だが、若い頃から付き合いがあった。才気煥発な自由人で、当時は東京駅の近くにそば屋を開いたばかりだったこともあり、頻繁に会っていた。

あまりにも突然のことだった。

彼の店にそばを食べに行き、その後、メニューのことで相談があるといって電話を受けて話をした、その数日後に、彼の死を知らされたのだ。

葬式に行った記憶もないから、葬儀はおこなわなかったのかもしれない。死因や死の状況も聞いていない。覚えているのは傑作な駄洒落だけである。

ヴィンテージ

2022・10・17

毎年知り合いの農家からクルミを買って友人に送っている。去年は晩霜でほぼ全滅の憂き目を見たが、今年は畑を見る限りどの木にも大きな実がついているので、さぞ豊作なのだろうと思って訊いてみると、中身が小さくて収量が少ないという。

外から見える（木に生っている）クルミの実は仮果といい、その仮果の中にある核果を乾燥させたものが食用になるクルミである。私たちは、核果を割ってその中にある種子（仁）を取り出して食べる。仮果が大きい割に中の核果が小さいのは、6月の猛暑と乾燥のせいではないかという。

ワイン用のブドウは、クルミより開花期が遅いので6月の気候は大きな影響を与えなかったが、今年は早くから病気が出たという畑が多かった。夏から秋にかけては雨が多く、糖度が上がらずに苦労したという栽培者もいる。地域によって、畑によって、また栽培者の対応によって、出来不出来には差があるようだ。

何年のワインは出来がよいとか悪いとか、ある地域のワインをヴィンテージ（収穫年）で評価する習慣があるが、異常気象が異常でなくなった昨今は、一概にその年の気候の良し悪しを論じることができなくなった。

これからも気候変動は続くだろう。毎年、これまで経験したことのないような気候がやってくる。どんな気候の年にどんなワインができるか、誰にも分からなくなってきた。

2018年は夏の終わりから秋にかけて雨が多く、収穫の日も畑のわきでカエルが鳴いていた。まるで田植えみたいだ、と言ってみんなで笑ったことを覚えている。

が、最近この年のメルローを飲んでみたら、予想を超えて美味しくなっているのに驚いた。寝かせておけば味が変わることは分かっているつもりだが、収穫の日まで雨が続いた2018年は出来が悪いはずだ……という思い込みが覆され、端からヴィンテージで決めつけてはいけないと反省した。

冬支度

2022・10・24

長い夏がようやく終わって秋らしくなったからと長袖を出したら、また暑さがぶり返してしまい込んだ半袖を引っ張り出す。そうかと思うと突然寒い朝が来て、半袖の上にあわててダウンジャケットを羽織って外に出る。

ある日を境に衣替え……という古典的な季節感は過去のものになったが、それでも里山では10月も末になれば初霜が降り、いやおうなく冬支度をしなければならなくなる。半袖のTシャツのうち薄手のものは長袖の下に着る防寒アンダーとして残し、その他の夏物は衣装ケースにしまって屋根裏部屋に押し込んだ。

実は屋根裏部屋もモノに溢れているので、今年はかつてゲストルームとして使っていた小さな部屋を物置にしようという計画が進行中。もう客を泊めることもないし、屋根裏まで上り下りするのも億劫になった。

あらためて家の中を眺めてみると、ずいぶん家具や調度品を買い込んだものだと感心する。タイへ足繁く通っていた頃は、行くたびにスクンビットの家具店をハシゴして、椅子やソファーやテーブルを買い込んでコンテナで送らせた。中国でも北京や上海で古民具や布類などを漁り、市場に行くと顔を見て売り子たちが集まってくるようになった。私たちがどんなものに興味があるのか分かっているので、買いそうな品物を揃えて売り込みにやってくるのだ。

パリでも、学生の頃にはウィンドーを見てため息をつくだけだったジャコブ通りの骨董品街で、店頭に飾ってあったカフェ用の椅子と大きな松材のテーブルを買い、複数の運送業者を呼び集めて日本までの送料を見積もらせたりした。

いまの大きな家に引っ越してからの数年間が買い物のピークだった。1990年代のなかば頃。かならずしも円高のときばかりではなかったが、私の仕事も順調だったし、日本の「失われた20年」はまだはじまったばかりだった。

失われた20年は、10年ごとに悪化している。最初の10年より次の10年。さらに最近の10年は、「失われた40年」が来ることを約束している。

タイや中国へ行って、物価が安いとよろこんでいた日本人。腹巻から札束を出してブランド品を買い漁っていた日本人。

恥ずかしいが、かつての日本人が恵まれていたことはたしかである。それがいまや、日本は物価が安い、といってアジアの国から買い物客が集まるようになった。そのうちに円安で外国人労働者は逃げ出し、日本人が外国へ出稼ぎに行って仕送りをする時代が来るのだろう。

円安の冬はいちだんと寒そうだが、さて、どんな支度をすればよいものか。

男女ほかトイレ

2022・10・31

先週は前半が病院での検査と診察、後半がデパートで開催中の絵画展サイン会のため、4泊5日を東京で過ごした。

予定の合間を縫って新宿の菩提寺に墓参りをし、銀座で千曲川ワインアカデミーの友人と会ってワインを飲んだ。

新宿や銀座の繁華街を歩くのはひさしぶりだ。

人出は、ほとんどコロナ前の状態に戻っているようだ。銀座通りは中国人グループのバスが連なっていた頃と較べればまだ静かだが、どこでも外国人旅行客の姿は確実に増えている。

歩くついでにショッピングモールを覗いてみた。

化粧品売り場の前を通ると、熱心に美容液を選んでいる男性が目に付いた。女性の店員から説明を受けながら、あれこれ実際に試している。

カフェに入ろうと思ったら、目の前をカップルが通り過ぎた。女性はインスタグラムから飛び出したようなアニメ顔。目がやたらに大きく、顔が異常に小さい。片手の手のひらに軽く乗りそうだ。本当にこんな小顔の女性がいるんだ……。

男性は、髪の毛の一部を剃り上げて青く染め、片方の耳にだけ宝石の入ったイヤリングをぶら下げている。黒いマスクで顔の半分は覆われているが、目と眉毛を見る限り相当の美形である。少し化粧をしているようだった。

……これが都会の現実か。田舎から出てきた老人は、急に居心地が悪くなった。

しばらく立ち止まって現代風の美男美女を眺めていたら、小便がしたくなった（両者に因果関係はない）ので、カフェに入る前にトイレに行った。

エスカレーターの横にある案内図を見ると、トイレは建物の端にある。図に従って歩いていくと、近づかなければ分からないほど小さな標識（男女の人型が並んだトイレマーク）が壁から出ていたが、左右にある出入口のどちらが男性用でどちらが女性用か、出入口には何の表示もないので分からない。

さて、どっちに入ったらいいのだろう。

私が思案したままその場に立っていると、右側の出入口からひとりの女性が出てきて、こっちですよ、と言って自分が出てきたほうを指さした。

言われるままに右側から中に入ると、奥のほうに男性用の小便器が並んでいるのが見えた。さっきの女性は、それを見て悟ったのだろう、私に教えてから自分は左側に入って行った。

男も女もそのどちらかに分類されたくない人も、区別なく自由に使える公衆トイレをつくるなら、出入口をひとつにして、全室を個室にすればよい、というのが私の考えだ。個室を広くして、中で身づくろいまでできるように設計すれば、共同の手洗い場を用意する必要もないだろう。

このショッピングモールのトイレは、最初は男女別に設計したのに、多様性に関する議論の結果、両者の区別を取り払ったのだろうか。が、標識だけは変えたが中の設備までは変更できなかった、とか。

それとも、あの左側の出入口の奥にも右側と同じように男性用小便器が並んでいるのだろうか。そういえば右側も、男性用小便器のある部屋と個室だけの部屋が別になっていたような気もするが、それなら左右とも同じ構造の「男女ほか共用トイレ」になっている可能性がある。

あのとき左側の構造を確かめず、用を足すとすぐにトイレを出てしまったことが悔やまれる。

こんど東京に行ったら、最初から左側に入って確かめてみよう。

タワマン

２０２２・11・7

東京では、白金台のホテルに泊まる。不便な場所だが、信州に引っ越す前はすぐ近くのマンションに住んでいて、40年前から打ち合わせなどに使っていた。田舎暮らしをはじめてから、一時は都内に小さな部屋を借りて拠点にしたこともあったが、月に数泊ならホテルのほうが安上がりなことが分かって、結局、土地勘のあるこのホテルが定宿になった。

住宅街に接していて、周囲に緑が多いのもこのホテルの魅力である。ときどき交通の利便を考えて銀座や東京駅に近いホテルを使うこともあるが、都会の真ん中だとなんとなく落ち着かない。夜は窓の外がいつまでも明るいし、ざわざわとした暗騒音が一晩中耳につく。田舎の闇と静寂に慣れた身には、繁華な都心の夜はなかなか眠れない。

東京では高額のマンションが売れているという。何億とか何十億とか、噂では何百億もする超高級マンションもあって、外国人や日本の金持ちが競って投資するらしい。どれもタワーマンションと呼ばれる高層の建物で、眺めのよい最上階のペントハウスが人気だそうだ。

窓の外の東京の夜景は美しい。眺めながら一杯やるのはよい気分だろう。だが、私は頼まれてもそんなところには住みたくない。

大地震があったら、建物は壊れないかもしれないが、長周期地震動で死ぬほど怖いだろう。エレベーターが止まったら外へ出るだけで大変だ。一度大きな被害が出れば物件の価格も暴落するに違いないから、私はカネがあっても（ないけど）、タワマンには投資しない。

日本の経済は、いまが最低だとすれば、数年後には上向くかもしれない。

でも、上昇に転じたその頃に、日本列島を大地震が襲ったら……老人の取り越し苦労といえばそれまでだが、そんなことになる確率は案外高いのではないかと思っている。それならなおのこと、都会のタワマンに住むより田舎の一軒家に住んで、土を耕しながら暮らすほうが被害は少ないだろう。

世界ラリー選手権　2022・11・14

公道を走るWRC世界ラリー選手権の最終戦「フォーラムエイト・ラリージャパン2022」が、12年ぶりに日本で開催された。私は運転免許を取ろうと思ったこともないし、そもそもクルマには興味がない。が、スポーツ中継ならなんでも見る習慣があるので、最終日の中継にチャンネルを合わせた。

3時間の番組の前半はラリー好き芸能人の、解説……というよりハイテンションの大騒ぎで過ぎ、後半の実況は、コースが短いせいもあっていまひとつ盛り上がりが感じられないまま終了した。

一般の公道を走ると聞いて、事情を知らないお年寄りがコースに迷い込むとか、コースを外れたクルマが観客の中に突っ込むとかいった、不慮の事故が起こらないことを私は念じていた。

当然レースコースの安全確保には厳しい規制や管理が実行されたはずだが、そのあたりの情報がまったく伝えられないし、見たところは道路の両側に簡単なテープが張ってあるだけなので、もし悪意を持った環境テロリストか、あるいは単なるはた迷惑な自殺願望の若者が、規制をかいくぐって道路に飛び出し、走るクルマの前に身を投げ出したら……とさえ想像した。

幸い何事もなく終了してホッとしたが、私は見終わって、なんだか花火大会の帰り道のような、一抹の寂しさを感じていた。

今回は幸い環境テロの標的にはならなかったが、公道に大量の排気ガスを撒き散らすようなカーレースは、事故や事件がなかったとしても、いずれは開催できなくなるに違いない。

最終レースの結果は、日本人ドライバーのトヨタが3位入賞。トヨタ自動車の地元開催に花を添えたが、4位と5位もトヨタで、1位と2位は車体の安定性が際立った韓国のヒョンデ（現代自動車）だった。

第二次安倍政権以来のいわゆるアベノミクス、すなわち大胆な金融の量的緩和により円安に誘導する日本の経済政策を、私は「トヨタ自動車だけが儲かればいい経済」と呼んできた。その通り、輸出製造業の大手は軒並み最高益をたたき出し、雨傘の上の金の滴はいっこうにトリクルダウンしてこない。

政治と経済は、既得権益を守るためにあるらしい。でも、すでに得たつもりの権益も、いつまでその牙城を守れるかは、分からない。どちらに転んでも、雨傘の上をただ眺めるばかりの階層は、ただ振り回されるだけである。

もう、あと何年も生きない老人が未来を心配しても意味がないことは分かっているが、世界中が弱者を庇う余裕を失っているように見えるのが気がかりである。

筋トレ再開　2022・11・21

77歳になったのを機に、また筋トレを再開した。また再開……というのは、いつも再開しては途中で止めているからだ。

65歳からの3年間は、これまでいちばん、まともに取り組んだ。

それまでアトリエに置いてあったがあまり使わなかった初心者用の汎用マシンに代えて、もう少し本格的なホームジム用マシンを部位別に取り揃え、ボディービル専門誌を定期購読してプログラムを考えた。プロテインをはじめ各種のサプリメントを海外から取り寄せて、少し危ないものまで試してみた。

週2回各1時間、あるいは部位別に分けて週4回各30分、まじめに続けたらたしかに筋力はついた。若い頃と違ってそうムキムキにはならないが、それでも夏になるとすぐにTシャツを脱ぎたくなる程度には自信がついた。

が、3年ほど過ぎる頃からまた仕事が忙しくなり、しだいにサボるようになった。

筋トレは、いったんサボると、戻らない。それまでは重いウエイトを持ち上げるのが楽しみだったのに、少し間が開くと同じことが億劫になる。そうしているうちに、アトリエのマシンは洗濯物の干し場と化し、マシンの周囲に足の踏み場もないほどに置かれたダンベルやバーベルが邪魔になってくる。

もう、筋トレは止めた、と決めて、大きなマシンを片端から捨てたのは2年ほど前のことだ。誰も部屋に置けないので引き取り手がなく、鉄屑として処分した。

それが、また気が変わったのである。

妻は呆れている。

私も呆れているのだが、しかたがない。75歳を過ぎる頃から足腰が弱くなったのを感じ、もうひと踏ん張りしようという気分になったのだ。捨て切れずに残しておいた何台かのマシンを使って、足腰にターゲットをしぼった軽い筋トレを、無理のない範囲で続けていくことにしよう。

巷では年寄りにスクワットや足の運動を奨めている。

が、器具を使わない体操のような運動は、私には興味が持てないのだ。扱う重量は軽くても、マシンを使うから面白い。そして……ひさしぶりに筋トレをはじめてみると、また、新しいマシンが欲しくなってくる。

結局、もうあまりマシンを増やすわけにもいかないので、既存のトレーニングベンチに取り付けることのできるアタッチメントをいくつか買って、マシンだけで8種類程度の種目ができる環境を整えた。

さて、こんどはいつまで続くだろうか。

少なくとも今回の再開で分かったことは、私は筋トレが好きというよりマシンが好きだ、ということである。

土を喰らう　2022・11・28

近くの映画館に、『土を喰らう十二ヵ月』を観に行った。

年老いた作家が信州の山の中にこもり、禅寺で修行していた小僧の頃を思い出しながら、庭で育てた野菜や山で採ってきた山菜を丁寧に料理して食べる毎日。その静かな暮らしを季節に沿って撮っていく映画で、人気料理家の土井善晴氏が料理を監修している。原作（原案）は、水《みず》上勉《かみつとむ》の『土を喰う日々』。軽井沢の別荘を拠点としていた頃に女性雑誌に連載した、料理随筆の傑作である。

私たちが軽井沢に引っ越したとき、すぐ近くにあったのが水上先生の別荘で、その後私たちが現在の里山（東部町）に引っ越す頃、ほぼ同時期に先生も千曲川の対岸（北御牧村《きたみまきむら》）に拠点を移された（東部町と北御牧村は、先生が亡くなる2004年に合併して東御市となった）。

そんなご縁で、（映画ではツトムと呼ばれているが）私たちは「水上先生」または「勉《ベン》さん」と呼んで、親しくお付き合いさせていただいた。

主演のツトム役は沢田研二。沢田さんも、軽井沢時代にロングインタビューをして1冊の本（『我が名は、ジュリー』）にまとめた縁があるので、どんな映画になるのか興味津々だった。

観ての感想は……なんと言えばいいのだろうか。私たちの思い出に残っている勉さんのイメージと、やっぱりどこか違うし、私たちが何度かお邪魔した軽井沢の別荘と映画の舞台になった白馬の古民家とは、構造も周囲の環境もまったく違う。

もちろん随筆と映画ではタイトルも違っていて、原作ではなくわざわざ原案としていることからも、両者を混同するのがそもそも間違いなのだが、松たか子が演じる女性編集者・真知子の立ち位置も微妙である。

冒頭で先生に原稿を催促するシーンがあるが、それ以外に編集者らしいところは微塵もなく（毎月カメラマンを連れてきて料理の写真を撮るというリアルを省いているのでどうしてもそうなる）、ときどきフラッと訪ねてきて料理を食べ、たまに少し手伝うくらい。恋人という設定のようだがそれらしいシーンもなく、だいたい女性にモテた勉さんの家には絶えず複数の女性たちが出入りしていたから、真知子はどこかでライバルと鉢合わせしていたはずだ……などと思ってしまうから素直に映画を鑑賞することができない。

結論は、これは土井善晴先生の料理を沢田研二さんがつくる料理ドキュメンタリーだ、ということになるだろうか。

それでも映画の影響というのは恐ろしいもので、我が家でもそれ以来、ときどき、

「きょうは土を喰らうぞ」

と言って、漬物と梅干しと塩昆布を並べただけの食卓を用意する。味噌汁は面倒なのでイン

スタント。こういうおかずだとご飯が進むので、１００グラムの冷凍パックにして取ってある白米を、チンして2個も食べてしまう。だから食べ終わると、

「土を喰らうと腹が膨れる」

と言いながら、手づくりの味噌と薪で炊いたご飯ならもっと美味しいだろうけど、私と妻と妻の妹は「毎日が最後の晩餐」チームなので、精進料理や一汁一菜では物足りない。

「まずはワインを飲みながら、脂身の少ない和牛を厚く切ってサッと焼いたのを食べてから、その後のシメに土を喰らうなら最高だね」

と私が言うと、妻も妹も諸手を挙げて賛成した。

こりゃダメだ。みんな修業が足りない。

映画館

２０２２・12・５

山の上の自宅から新幹線の上田駅までは、クルマで30分足らずの距離である。

上田市には、新しいシネコンが1軒と、古い映画館が2軒ある。

大正時代に創立された2軒の古い映画館は10年ほど前にシネコンができたときに閉館したが、

その後熱心な支援者の働きで復活し、現在は同じNPO法人が運営している。シネコンが人気のある新作を上映するのに対し、古い映画館はともに渋いチョイスの意欲作や問題作を紹介して、コアな映画ファンの支持を得ている。上田市はフィルムコミッションを設立してロケ地の誘致などを積極的におこなっているが、そんな映画への想いが古い映画館を復活させたのだろう。近隣の住民にとっては、数多いチョイスの中から好きな映画を選べ、いつも空いている映画館でゆっくりと観られるのはありがたい。

全国の映画館の数がピークを迎えたのは1960年で、上田市にも7軒の映画館があったという。私が10歳の年だが、あの頃は東京でも国電（JR）の駅の近くや町の繁華街にはかならず映画館があったものだ。

小学生の頃、東千代之介や中村錦之助のチャンバラ時代劇を、満員の映画館でぎゅう詰めになりながら立ち見したことを覚えている。興奮した観客が駆け上がってスクリーンの中の悪役に殴りかかることも珍しくない、熱い映画の時代だった。

最近はどんな映画館でも入れ替え制になっているが、昔は一日中繰り返し同じ映画を上映していて、観客は好きなときに入って観たものだ。映画が終わると休憩時間を適当に潰して次の上映を待つ。で、観ているうちに最初に入ったときにやっていた場面が来ると、あ、ここから観はじめたのだ、と思って外に出る。

ミステリーなら犯人が分かってからその前の物語を観るわけで、映画の正しい鑑賞法とは言えないかもしれないが、ずいぶん大らかだったものである。

そういえば、昔は映画が終わってエンドロールがはじまると、ぞろぞろ席を立つ観客が多かった。最近の観客は行儀がいいので、ほぼ全員が、エンドロールが終わるまで席を立たない。席を立つと咎められそうな雰囲気である。

夥しい数の名前がえんえんと羅列するエンドロールを最後まで観るのは、スタッフやキャストや製作関係者の全員に敬意を示す正しい作法だとは思うが、小便の近い老人にはちょっと辛い。

ワールドカップ

2022・12・12

日本でラグビーのワールドカップがおこなわれた3年前、私は日記にこう書いた。

「サッカーとラグビーを較べると、サッカーがゴール前の球なら隣にパスするよりも自分でシュートしたほうが褒められる個人プレー重視の世界であるのに対し、ラグビーではより献身や自己犠牲といった精神が求められる。とくに日本では、ラグビーは体育会やサラリーマン社会との親和性が強く、日本的な団結を求める最近の風潮にも与しやすい。だから、ひねくれ者の私は、今回のラグビー日本代表の活躍には素直に喝采するけれども、異常とも思える国民的な盛り上がりの中で、あまりにも〝ワンチーム〟ばかりが強調されると、いかにも日本的な同調圧力を感じて鼻白む」

ところが今回の〝選手の自由な発想をなによりも大切にするサッカー〟のワールドカップ・カタール大会の〝異常とも思える国民的な盛り上がり〟の中で、ふたたび日本的なチーム精神だとか団結力だとかが強調される報道に違和感を覚えている。

もちろんワールドカップは国別の対抗戦だからナショナリズムが顔を出すのはやむを得ないが、監督みずから「日本の魂」とか「日本人の力」という言葉を使って選手に檄を飛ばすのを見ていると、なんとなく嫌な気分になるのは私だけだろうか。

目標のベスト8には届かなかったがドイツとスペインに劇的な勝利を収めた。クロアチアとも対等に戦った。感動を届けてくれてありがとう。選手も監督もご苦労様。日本中が拍手喝采して、試合でミスをした選手を批判すると非国民のように糾弾される。美しい団結だが、こんなに国民が優しくては、日本代表は永遠にベスト4には届かないのではないか、と私は危惧している。強い国の選手や監督は、期待を裏切れば生きて帰れないほどのプレッシャーを受けながら試合している。負けて帰れば空港でタマゴを投げつけられても不思議でない。

その中で勝ち抜くには、「集中力が一瞬途切れる」とか「連戦に耐えるだけの体力がない」といった日本人の不利を「大和魂」で乗り切るのではなく、選手の国籍（混血を含めて）をもっと多様化し、子供の頃からサッカー留学して外国の厳しさを学んだ選手をもっと増やし、日本代表にサッカー強国の選手たちに劣らないメンタルとフィジカルを植え付けるしか方法はないと、私は個人的に思っている。

帰国後の会見で満足して笑みを浮かべていた監督をよそに、本気で悔しがって涙を流していた若い選手たちに期待したい。

2033年

2022・12・19

例年ならクリスマスまで営業しているカフェを、今年は12月5日に早仕舞いした。

ワイナリーの建物の、改修工事をはじめるからだ。実際にはショップからカフェに繋がる部分とカフェの客席をつくり直す内装の工事だが、カウンターを移動したり、菓子工房や車椅子トイレを新しくしたり、設備関係の移動を伴うのでかなり大規模な工事になる。

今年は24日のクリスマス・イブが土曜日、25日のクリスマスが日曜日という、願ってもない巡り合わせなのでクリスマス・ディナーをやれば集客が期待できたが、残念ながら諦めた。次に同じ巡り合わせになるのは2033年。はたしてその年まで店が続いているかどうか。

新しくできた飲食店の、2軒に1軒は2年以内に潰れるという。飲食店が10年続く確率（企業生存率）は6パーセント。20年続く確率は0・3パーセント。30年続く確率は0・02パーセントだそうだ。

ヴィラデストのカフェは、来春20周年を迎える。1000軒に3軒という狭き門を突破することができるとは、設立当初は想像もできなかった。

カフェが2033年まで続くには、0・02パーセントというさらに高いハードルが待ち受けている。その年まで私が生きている（とすれば米寿になる）確率も、同じく0・02パーセントくらいだろうか。

読書　2022・12・26

新聞や雑誌の書評を読んでいて、面白そうな本があるとその場で注文してしまう癖がある。

いつもスマホを手にしているのがいけないのだが、こんなに簡単に本が買える時代はこれまでになかった。

注文するときはもちろんすぐに読むつもりなのだが、いざ本が届くと、最初はパラパラとページを捲《めく》るものの、結局そのまま机のわきに置いて、なかなか読もうとしない。そうして溜まった本が、新しい本棚が必要なほど増えている。

『中動態の世界――意志と責任の考古学』

『人びとのなかの冷戦世界――想像が現実となるとき』

『戦禍のアフガニスタンを犬と歩く』

『人口革命――アフリカ化する人類』

どれも書評を見て面白いと思って注文するのだが、中身が思っていたより難しかったり読みにくかったりすると、あとでゆっくり読もう、と思ったまま放置してそのままになる。

『入管問題とは何か――終わらない〈密室の人権侵害〉』

『西山太吉最後の告白』

『ルポ　死刑――法務省がひた隠す極刑のリアル』

『国商――最後のフィクサー葛西敬之』

時事的な問題を扱った本は、興味がある箇所だけを拾い読みすれば速読ができるので、ざっと読んでから積んでおく。

首相の思想的盟友として安倍政権とともに国策を担ったJR東海社長の評伝は、後半のリニアに関する章だけまず読んだが、巻末の年表を見たら、葛西氏は私と同じ高校の5年先輩だったので驚いた。

もし、彼が同年で同じクラスにいたとしたら……と想像してみる。

思想傾向がこれほど違うと、高校のときから付き合う仲間には入っていなかっただろうか。それとも、そんな議論はせずただ仲間として遊んでいただろうか。

後年、彼が権力を振るうようになってから同窓会で会ったとしたら……たとえタメ口で冗談を言い合うような関係であったとしても、

「葛西さぁ、やっぱり、リニアはもはや時代遅れだから、いまからでも止めたほうがいいんじゃないの」

とは言えないだろう。

年表を閉じて、いろいろなことを考えてしまった。

葛西氏は今年5月、リニアの実現を悲願としながら、間質性肺炎のため81歳で亡くなった。

仕事のようなもの

2023・1・2

元旦は、今年もいつものようにスタートした。

朝6時半起床。ベッドの上で寝ている愛犬のピノを起こし、着替えてから階下に下り、ピノにエサをやってから散歩に連れ出す。気温マイナス5℃。

20分ほどして戻ると、テレビと新聞を見ながら朝食を摂る。

まず食べるのは、ヨーグルトとカテッジチーズを半々に混ぜ、自家製のグラノーラを振りかけて乾燥デーツの実を散らしたもの。もう10年か20年続けている、私の定番の朝食メニューだ。その後、紅茶を飲みながらナッツを食べる。

8時までに2階に上がり、仕事（のようなもの）をする。そして10時近くになると再び階下の台所へ赴き、コーヒーを淹れてクッキーをつまむ。このときに小さなパンを焼いて食べることもある。朝食を2段階に分けるのは、血糖値をコントロールするためである。

仕事「のようなもの」というのは、アトリエで絵を描くか、書斎でパソコンに向かって文章を書くことだが、どちらも仕事のようであって仕事でない。

絵は注文を請けて描くのではなく、ただ自分が描きたいから描いている。子供のお絵描き遊びと同じである。ただ、完成した絵を額装すればギャラリーなどで展示する機会があり、それを見て買ってくれる人もいるから、金銭を稼ぐ作業を「仕事」と呼ぶなら、結果的にアマチュアとしての「遊び」がアーティストとしての「仕事」になることもある。

　文章のほうは、長いこと「仕事」として書いてきた。雑誌社などから注文を請け、どんなテーマでいつまでに何枚、何字で何行と決まった枠の中に、発注者の要望を満たす文章を書いて原稿料をもらう。50年前から売文業をやってきたので、注文もなければ原稿料もない文章を書くことは最近までなかった。

　グーテンベルクが印刷術を発明して以来、手稿の写本が細々と複製されていた時代が劇的に変わって、印刷と出版の手段を独占する者があらわれ、職業的な執筆者が登場した。それから5世紀以上、文章を発信する行為は「仕事」となり、つい最近まで作家とか評論家とかエッセイストとか、原稿を書いて原稿料をもらう職業が成立していたのである。私はその末席に連なって、文章を書けばおカネがもらえるという世界に馴染んできた。

　しかし、いまや誰もが文章を、いや文章のみならず絵や音楽も、個人が簡単な手段で自由に発信することができるようになった。インターネットの普及がグーテンベルクを駆逐したのである。

　そんなわけで、私はこの「コラム日記」を、誰からも依頼されずに書いている。最初の2年間、2019年と2020年は「仕事」として（原稿料をもらって）会報紙に連載したが、その後の2年間は「仕事のようなもの」として、1年52週、毎週月曜日に投稿することを自分に課して自主的に書いてきた。2年間で104本。今年から3年目に入る。

ブドウ畑

2023・1・9

いまの土地に初めてブドウの樹を植えたのが1992年。ワイナリーをつくろうと決心したのが2002年。2003年に製造免許を取って、ワイナリーとカフェ・ショップをオープンしたのが2004年。ヴィラデスト・ガーデンファーム・アンド・ワイナリーは今年20周年を迎える。

私は40歳のときに吐血して、輸血をしたため慢性肝炎（C型肝炎）になった。当時の医学書には、慢性肝炎は10年続くと肝硬変になり、肝硬変は10年続くと肝ガンになって、やがて死に至る、と書いてあった。だから自分の寿命は長くても70年くらいだろうと考えていた。ワイナリーをつくったのが58歳のときだから、せいぜい10年くらいしか付き合えないことは最初から覚悟していた。

ブドウの樹は40年も50年も生き、歳をとるほどよいワインができると言われているから、そろそろワインが美味しくなる頃に私は死ぬことになる。

ワイナリーの経営が破綻せずに何年もつか、それすらも分からなかった初期の頃、私は漠然と、私や会社がどうなっても、ブドウ畑だけは残るだろう、と思っていた。

その畑から生まれるワインが古樹の風格を帯びる頃、その樹を最初に植えた人はもう生きていない。跡を継ぐ人は、最初の樹が枯れるのを見届けて新しい苗木に植え替える。そうして、人とブドウ樹はたがいに入れ違いながら、畑はいつまでも持続するのである。

ワイン造りはブドウを育てる農業そのもので、できたワインはその土地の価値を表現する作品だ。いったんつくられた畑はそのまま生き続け、人だけがその周囲で入れ替わる。誰がワインを醸造するか、どんな会社がワイナリーを経営するかは、問題ではない。ブドウ畑は土地のもの。醸造や経営に携わる人は、そのときたまたま自然の営みを手助けする役割が巡ってきただけの、かりそめの存在に過ぎない。

私は70歳のときにガンの告知を受けて以来、つねに「余命は2年」と自分に言い聞かせている。遠い先のことは考えず、いまから2年間の予定だけ立てて、その間にやれることをやろうと思ってきた。もちろんそれで2年が経過すれば余命もその分延びるわけだからあまり意味はないのだが、とりあえずそれ以上先の心配をしなくて済むのは気が楽である。

これからの2年間は、ワイナリーやアカデミーの経営に関して残る懸案を処理してすべてを他人の手に委ね、自分が達成した過去から自由になることを目指したいと、30年かけてつくりあげた山の上のブドウ畑を眺めながら考えている。

コロナ　２０２３・１・16

暮れから正月にかけて、身近な人たちが次々とコロナに感染した。

これまでの３年近く、遠い親戚や仕事の知り合いに感染者は出ても、日常で接している人がかかった例は皆無だった。飲食の営業をしているのでつねに神経を尖らせていて、少しでも体調が悪いスタッフにはすぐにＰＣＲ検査を受けさせてきたが、幸い陽性者はひとりも出なかった。

それが12月の後半になると、日常的に打ち合わせをしたり会話をしたりしている社員たちの中から続々と感染者が出た。昨年は改修工事のため早く営業を終えていたのでお客さんとの接触はなかったが、多くの場合は子供が学校から持ち込んだウイルスが原因だった。

仕事で会う関係者にも、急に感染者が増えた。頻繁に会う友人や縁者の中からも続出した。ごく身近な人たちだけを数えても、両手では足りないくらいの数だ。

私たち夫婦も濃厚接触者になったので、手持ちの抗原検査キットでは陰性だったが念のため医師にPCR検査をしてもらって確認した。

ところが、私の周囲で多少なりとも症状が出た人のうち、PCR検査までした人はほとんどいない。それでも陰性ならよいが、実際に発熱があって抗原検査で陽性が出ても医者には行かない人、抗原検査キットが手に入らないのでそのまま解熱剤を飲んで我慢していたら症状が収まった人、喉が痛いのでクリニックへ行ったがもう少しようすを見ましょうと言われてPCR検査はしてもらえなかった人、など、保健所に知らせないままコロナ症状が出終わった人が何人もいる。

だから、実際のコロナ感染者数は保健所が把握している数の4倍から5倍くらいいるのではないか、というのが私の個人的な感覚だ。

最近ようやく感染者数に比して死者数が多過ぎると指摘されるようになったが、正確に出る死亡者の数に対して、把握できないシステムを放置しながら感染者数を毎日発表すること自体が茶番である。

熱が出ても医者に行かず自分で抗原検査をしろと言いながらキットは品薄で高価なまま。病床数が逼迫《ひっぱく》していると知りながら全国旅行支援で移動を奨励する。

あきらかに政府は、経済を回すためなら感染者数には目を瞑る、弱い高齢者は死んでもしかたがない……と腹を括ったかのようである。それで集団免疫を目指すというならたしかにあり得る方向性だとは思うが、口に出してはいけない言葉だけに、表に出てくる対策がちぐはぐに見えてしまう。

習近平

２０２３・１・23

邱永漢、という名前は、私たちには懐かしいが、若い世代では知らない人のほうが多いかもしれない。台湾出身の直木賞作家で、日本、台湾、中国で数々の事業を展開した実業家、経営コンサルタント。投資指南で有名になり、「株の名人」、「金儲けの神様」とも称された。

私は若い頃から知己を得て会う機会があったが、２００8年のリーマンショックの直後、彼の10年前の著書がその実相を予言していたことに気づいて、あらためて面会を求めて話を聞いた。が、世界経済の先行きや日本のこれからについて質問しようとしていた私の機先を制するように邱先生は、

「いま私の頭の中をいっぱいにしているのは中国人のこれからの食糧のことです」

と言って、豊かになった中国人の食嗜好の変化が世界の未来に及ぼす影響について語りはじ

めた。

「金持ちになった中国人は、遅かれ早かれ世界中から食糧を買いまくるようになるでしょう。でも7億人の食べるものをカネに飽かせて買いまくったら、世界中から食糧がなくなって、それこそアフリカの人たちなんか飢え死にしてしまいますよ」

そのためには中国の国内で新しい農業を興す必要がある、と考えて、コーヒー園をみずから経営したり、黒毛和牛を育てる牧場に投資したり、高糖度トマトの栽培施設を手がけようとしていた。その話を聞いて興味をそそられた私は、日本企業を引き連れて中国への投資ツアーを繰り返している先生に同行して、その実際を1冊の本に著した（集英社新書『邱永漢の「予見力」』2009年）。

中国と世界のその後の情勢は、ほぼ当時の「予見」通りになっているが、先生は私の本の刊行後ほどなくして病に倒れ、そのまま3年後には亡くなってしまった。

だからパンデミックやウクライナ戦争などで世界が未知の局面を迎えたいま、その「予見」を聞けないのが残念だが、病に倒れる直前に会ったときに聞いた言葉が頭に残っている。

それはちょうど習近平が次期国家主席の有力候補として浮上してきた時期で、その話題になったとき邱先生は、

「習近平になったら、大変なことになるよ。とくに、日本は大変なことになる」

と言ったのだった。そして、

「でも、日本は、少し大変なことになったほうがいいんだけどね」

と付け加えた。

この言葉はどういう意味だろう。

そのときは時間がなかったので、いずれじっくりその意味するところを聞きたいと思っていたのだが、果たすことができなかった。

「習近平になったら、大変なことになる」

たしかに、日本だけでなく、世界はその通りになっている……。

戸締り論

2023・1・30

ロシアがウクライナに侵攻して以来、中国も台湾の軍事的制圧を狙っているという観測が広がり、日本もあっさりと国是を捨ててアメリカの尖兵として戦う準備を進めている。たしかに最近の中国軍による領海空侵犯には不気味なものがあるが、はたして習近平は本当に台湾を攻め落とそうとしているのだろうか。

1960年の日米安保条約の改定をめぐる議論の中で、国の軍備は家の戸締りのようなもの、という「戸締り論」が語られたことがあった。だから軍備は必要なものである、という論理だが、当時15歳だった私は、家の戸締りは厳重にすれば泥棒は入るのを諦めるが、国の軍備を強大にすると近隣諸国が対抗して戦争の危険が増すのではないか、と思ったことを覚えている。それは中学生の幼い考えかもしれないが、私は、77歳になったいまでも同じようなことを考えている。

学生がデモを繰り返し、革新政党が力をもっていた時代はすでに遠い。

いまは保守勢力がメディアから学界まで牛耳る勢いで、とくに最近は、それまで右翼席にいたはずの応援団がいつのまにかセンターの真ん中に陣取っていて、団長がいなくなった後もピッチャーに指示を与えている。新しいピッチャーは団長の遺志を忠実に実行するどころか、選手交代のタイミングがしばらくないことを見越して、独断で過剰な領域にまで踏み込みはじめた……。

「習近平になったら、大変なことになる」

という邱永漢師の言葉の真意は不明だが、習近平国家主席が3期目の任期を終えるのが2027年。それ以降も続投して終身皇帝になるだけの力があるかどうかは疑問だし、たとえそうなったとしても、2043年には90歳。あと20年は長いようにも思えるが、中国4000年の歴史から見れば一瞬の出来事だ。

中国はそれだけでヨーロッパの全体と同じくらいの面積がある大きな国だが、もともとは周辺にいくつかの属国のようなものがあって、そこまでは直接に統治はしていないけれども、とりわけ濃密な友好関係もなければ、かといって叛乱を起こすわけでもなく、ときどき貢物を捧げに来て恭順の意を表してくれればそれでよい、という程度の、緩やかな支配関係で連合している地域だった。日本も、かつてはその辺縁の一員として、中国からさまざまな恩恵に与ってきた。

その広大な地域を、近代に入って中国共産党はシステマチックに抑え込むことに成功したわけだが、その維持を可能にする人物が、毛沢東と習近平以外にこれからもあらわれるのか。それとも、台湾やウイグルやチベットなどから思わぬ綻びが生じて中央主権が崩れ、長い時間をかけながら、再びかつての緩やかな地方政府の連合体のようなスタイルに戻っていくのだろうか。だとすれば、そのときホールディング・カンパニーである中央政府は、どのような形態になっているのか……。

時事を歴史で考えると興味深いが、未来がどうなるにせよ日本が歴史的にそのような位置にある以上、アメリカと組んで中国と喧嘩するのではなく、両大国の狭間でうまく立ち回って身を守るほうが得策ではないかと思うのだが。

立春 ２０２３・２・６

柄にもなく世界情勢なんか考えているうちに、どうやら「10年ぶりの寒波」は峠を越えたようだが、寒さはまだ続いている。軒下の温度計によれば2週間前のピーク時がマイナス12℃、最近数日はマイナス5℃前後、今朝はマイナス7℃だった。

雪は、大寒波の日に強風とともに10センチか20センチくらい降った。物凄い風で、30センチ以上も吹き溜まった場所があるかと思うと、地表があらわれるほど吹き飛ばされた場所もあり、正確に何センチ降ったかは分からない。その雪が、まだ道や畑、雑木林の中に残っている。

雪が降ったのはその一度だけで、年が明けて以来、ほとんど晴れの日ばかり続いている。おそらく、もう少し暖かくなった3月か4月に、重い雪がドサッと降るのだろう。

ワイナリーの建物では、改装工事が進んでいる。

カフェのテラス席を拡張し、新しい菓子工房を厨房の隣につくり、車椅子トイレを移設してオストメイト対応にするなど、サービスの質を向上させる施設づくりが目的だが、建築費の高騰で外壁の新装までは手が回らなかった。外壁はショップの入口付近だけ新しくペンキを塗り替える程度で我慢するが、外壁の塗装はもう少し暖かくならないとできないので、予定通り4月1日にオープンできるかどうか、今年はいつもより気温の変化が気になるのだ。

立春を過ぎると、日差しだけは春のようになってきた。

偏西風や海流の蛇行が温暖化をもたらすとしても、太陽の光が地球に当たる角度は昔から変わらないはずで、だから寒くても暖かくても春が来るときは春が来る。そう思って、春が来たときの準備を進めよう。

インバウンド

2023・2・13

週末は長野でワインのイベントがあったので出かけてきた。

上田から長野に行くときは新幹線を利用する（乗車時間12分）のだが、自宅から上田駅まで行く道（所要時間20分）も渋滞が起きるほど混んでいたし、上田駅前の駐車場も満杯だった。コロナ禍の頃、だったぴろい駐車場に数えるほどしかクルマの姿がなかった風景がいまでは嘘のようだ。

土曜日曜の連休が、金曜の降雪から一転して暖かい晴天になったこともあったのだろう、いっせいに人が動き出した印象だ。

長野駅の構内は人で溢れていた。それも、外国人が多い。スキーを楽しんできたのか、温泉に入るサルを見てきたのか、みんな満足そうな表情を浮かべている。

そういえばイベントで会った人が、野沢温泉に行ったら外国人しかいなかった、といって驚いていた。

もともと冬の信州には夏のオーストラリアから雪を求めて来るスキー客が多かったが、最近はヨーロッパからくる客が増えたようだ。アルペンスキーの本場には硬い氷河を削って滑るようなコースしかないので、日本のパウダースノーはその浮遊感が魅力らしい。

こんなにたくさんの外国人が日本に遊びに来るなんて、昔は考えられもしなかった。

私は1970年、大学4年の春にフランスから帰ってきて、たまたま開かれていた大阪万博にやってくる外国人団体客のツアーガイドをはじめた。

最初はアルバイトのつもりだったが、そのまま卒業してしまったのでなしくずしに本職となり、フリーランスで1年目はインバウンドのツアーガイド（通訳案内）、2年目はアウトバウンドのツアーコンダクター（添乗員）として仕事をした。

日本のインバウンド客数は、1964年の東京オリンピック以来大幅に増えて、1970年には過去最高の85万人に達した。

ところが、1964年に海外渡航が自由化されると、高度成長下の円高に押されて海外旅行客が急増し、1971年にはアウトバウンドがインバウンドを逆転した。

ちょうどこの年、急激に人気が出たＪＡＬパックの添乗員が足りなくなって社外から公募したときに、私はその1期生として採用されたのだった。

その頃の旅行業界では、インバウンドの将来目標として３００万人という数字が掲げられていた。が、海外旅行が全盛となるにつれ、こんな遠くの島国まで高い飛行機代を出してわざわざ観光に来る客はいないよね、と現場では語り合っていたことを思い出す。

アウトバウンド優位の傾向はその後も続き、１９９５年にはアウトバウンド１５３０万人、インバウンド３３５万人と5倍近くも差がついた。

が、それから20年後の２０１５年には、インバウンドが１９７３万人を超えてアウトバウンドを再逆転したのである。

円が強いときは日本人が外国へ遊びに行く。

円が弱いと外国人が日本に遊びに来る。

日本の魅力が世界に知られた、ということもあるだろうが、やはり円が強いか弱いかが問題なのだ。

政策的な円安誘導は多少是正されるかもしれないが、国力が衰退すれば円高を保つのは難しいだろう。でも、そのためにインバウンドが増えるなら、それもまたよしとしなければなるまい。かつて私たちはアジアの国へ行くと、

「近代化されていないところが懐かしい。なんでも安くて最高だ」

と言ったものだが、いまではアジアの国から来た人たちが、

「日本はモノが安くて最高」

と言って買い物に夢中になる。そのうち日本人の暮らしを見て、

「貧しい暮らしが懐かしい」

と言い出すかもしれないが……いいじゃないか。貧しくても楽しく暮らし、親切と微笑で外国人を歓迎する日本人。

オリンピックだ、万博だ、GDPだと経済大国の復権を夢見るより、そのくらいの立ち位置のほうが気楽でいい。

ワインフェス　2023・2・20

先々週は長野で、先週は札幌でワインのイベントがおこなわれ、今週は地元の東御市で予定されている。いずれも室内に数百人を集めて、数十種類のワインが飲めるワインフェス。長野や札幌ではコロナ禍で中断していたイベントの再開とあっておおいに賑わった。

この時期に祭りをやるのは、ワイナリー関係者がヒマだからだ。春になって緑が芽吹くとブドウ畑の作業が忙しくなり、そうなると秋の収穫まで一気に働き続けることになる。だから時間の余裕がある冬の間に、たがいに訪ね合ったりお客さんと交流する機会をつくったりするわけだ。

本当は、お客さんにブドウ畑の風景やワイナリーの仕事を見てもらうには初夏から秋にかけてがいちばんよい。とくに5月の末から6月の初め、梅雨の前くらいならまだ畑仕事もそれほど忙しくないから、この季節に緑の美しいブドウ畑を眺めながらワインを飲んでもらいたい。私はそう思うのだが、この時期にワインフェスをやろうと呼びかけても、なかなか意見がまとまらない。作り手の都合で決めるのではなく、お客さんがどうしたらよろこぶかを考えて企画しないといけないのだが。

ワインフェスに行くといつも気になるのは、参加者層が固定化しているというか、日頃から日本ワインを飲んでいるファンばかりが集まっていることだ。

もちろんサッカー場にサッカーファンが集まり野球場に野球ファンが集まるのは当たり前のことなのだが、日本ワインのイベントに集まった日本ワインのファンが、日本ワインも美味しくなったね、世界と較べても引けを取らないね、と自賛し合う風景を見ていると、これでいいのか、と思ってしまう。

コップの中の内輪褒め、ワイングラスの中の自己満足、ではなく、その外にいる人たちを呼び込む努力が必要だろう。

カフェの工事

2023・2・27

カフェの工事が佳境に入ってきた。

朝早くから続々と職人さんたちがやってきて、それぞれの持ち場の仕事に取りかかる。中に入るとあちこちがベニヤ板やビニールシートで覆われ、床には道具や資材が積まれていて工事現場そのものだが、完成に向けて着実に進行していることは明らかだ。

今回は内装の工事と言っても、菓子工房や車椅子トイレなど給排水設備の移動を伴うので大工事になった。カフェのカウンターも、シンクや製氷機や冷蔵庫が組み込まれているので簡単には動かせない。

建物の入口を入るとショップがあり、その奥がカフェになっているが、創業以来20年間、カウンターはショップを抜けてすぐのところに設置されていた。それを、テラス席に近い隣の部屋に移動しようというのである。

これまでは、サービス係は厨房から出た料理をカウンターで受け取ると、そこから遠くのテラス席のほうまで運ばなければならなかった。カウンターの前には客席がないからだ。どう見ても不合理な動線だが、これはひとえに私の責任である。

最初は、カウンターの目の前に客席をつくるつもりだった。10人以上がいっぺんに座れる大きなテーブルを置いて、自由に座ってもらう。当時アメリカでもフランスでもそういうスタイルのレストランが流行っていたので、日本でも行けるかと思ったが、やってみたらみんな相席を嫌がった。スシ屋のカウンターなら知らない人が隣に来ても平気なのに、フレンチではテーブルが違わないとダメらしい。

その位置からは、左右の窓から階下の醸造場がよく見える。カウンターの反対側もガラス張りの作業場で、ワインを仕込むようすが見えるようになっていた。ワイナリーに来るお客さんは、工場の中にあるような食卓を面白がるはずだ、と私が勝手に決め込んでいたのである。

これも失敗だった。誰も工場には興味がなく、外の景色がよく見えるテラスのほうが人気だった。結局、大テーブル席は取り止め、カウンターの前から客席はなくなった。

いま工事現場を見ていると、自分の考えが甘かったことが悔やまれる。みんな景色を眺めながら食事をしたがるので、バルコニーのつもりだった露天のテラスに屋根と窓をつけて客席にし、ガラス張りの作業場は菓子工房に改造した。そしてとうとう、その菓子工房もカウンターも場所を移すことになったわけだ。

あのときの大テーブルは、いま箱根の美術館（玉村豊男ライフアートミュージアム）の展示室に置かれている。

トイレは地下にある？ 2023・3・6

カフェのお客さんから、トイレの位置が分かりにくいとよく言われる。

カフェの客席に行く手前に階段がある。トイレはその階段を下ったところにあるのだが、たいていのお客さんは1階の隅のほうばかり探して、地下にトイレがあるとは思わないようだ。面積的に余裕がないのでトイレは地下にまわしたのだが、私の頭の中では、カフェのトイレは地下にあるものだ、という思い込みがあった。パリのカフェはみんなそうだからだ。

パリのカフェのトイレは、8割から9割が地下、残りは2階。1階にトイレがある店はきわめて珍しい。下水道に繋がる便利さからか、歴史的にどこもそんな構造になっている。だからパリのカフェではトイレに行きたいと思ったらまず階段を探すのだが、その感覚をみんなに求めようとするのは私が間違っている。

今回の改造では、地下のトイレを全部1階に移設するのは無理だから、車椅子トイレを店の入口に近い場所に移し、一般の人も使えるようにした。

トイレを地下につくるのが常識だったパリのカフェには、もともと車椅子トイレは存在しなかった。案内を請えばどこか奥のほうに案内するのかもしれないが、少なくとも一般の客の目に触れるところにはなかった。

最近は、パリのカフェでも、まだごくわずかだが、車椅子で行けるよう1階にバリアフリーのトイレを新設する店が出てきている。

石造りの壁を壊すのは大工事だが、時代の要請には応じなければならない。カフェのトイレは地下にある、という「パリの常識」も、いずれなくなる日が来るだろう。

花粉症

2023・3・13

スギ花粉の量が今年は特別に多いそうで、花粉症の人は戦々恐々だ。鼻水が出てクシャミが出て、目が痒くて喉が痛くて、耳の奥まで手を突っ込んで掻《か》きむしりたくなり、微熱が出て頭が朦朧《もうろう》とする……ひどい花粉症の症状が、いまとなっては懐かしく思い出される。

私が花粉症になったのは、フランス留学から帰って間もない頃、いまから50年ほど前のことである。

最初は風邪を引いたのかと思って風邪薬を飲んだが効き目がなく、そのうちに微熱が出はじめたので、ひょっとして結核にでもなったかと思い医者に診てもらったのだが、どこも悪いところはない、まったく健康です、と言われてしまった。まだ、花粉症という言葉を誰も知らなかった時代である。

それからは、年々症状がひどくなり、30代から50代は地獄だった。

フリーランスのライターとして少しずつ仕事をしはじめた頃、文藝春秋社の編集者から電話が入った。私がどこかのPR誌の隅に描いた文章を読んで、会いたいから会社に来てくれないか、という電話だった。

まだロクに仕事がなく、毎日受話器の前で編集者からの注文を待っていた駆け出しのライターに、なんと大文春が注目してくれたのだ。千載一遇のチャンスである。

しかし、時は春、私は花粉症の真最中だった。ティッシュの屑をあたりに撒き散らしながら、私は鼻声で返事をした。

「すみませんが、いまはそれどころじゃないので、また後にしてください(ガチャン!)」

朦朧とした頭のどこかで、これでチャンスを潰したな、と思いながらも、とにかく話もできないくらいグズグズしていたので、にべもなく断ってしまった。

結局、ありがたいことに春が過ぎてからもう一度電話があって、それから文春とは長いお付き合いになったのだが、実はその編集者は多くの作家を育てた業界では有名な人物で、しばらくの間はよく、

「駆け出しのライターにすぐ電話を切られたのは初めてだよ」

と言ってからかわれたものだった。

そのほか記憶に残る年といえば、オウム真理教の地下鉄サリン事件があった1995年。事件が起こったのは3月20日で、以後連日大量の報道があったが、私はひどい症状でまったく仕事ができず家で横たわっていたので、5月の連休が明けるまでひたすらテレビの前で鼻を啜っていた。おかげで、オウムとサリン事件については滅法詳しくなった。

そんな私の花粉症も、60代以降は毎年少しずつ弱まり、70歳を超える頃からはあまり反応しなくなった。

一時期、春のスギ花粉より秋のブタクサ・ヨモギ花粉の症状のほうがひどくなったこともあったが、最近になるとそれも収まり、今年の春も、きょうは珍しく洟をかんだけど、そういえば巷は花粉症の時期だったっけ……という程度の反応である。

あの辛さが遠い記憶の中に消えていくのはうれしいことだが、加齢によって反応が鈍くなっ

た……と考えると、ちょっと寂しい気もしないではない。

検閲 2023・3・20

政府はテレビのニュースやワイドショーをつねにチェックしていて、政権の意に沿わない発言があるとアナウンサーや出演者に圧力をかける、という話は以前からあった。

私は1992年10月から2008年9月まで、TBSの「ブロードキャスター」という番組に、ゲストコメンテーターとして出演していた。

「ブロードキャスター」は現在の「情報7days ニュースキャスター」の前身にあたる、毎週土曜日の夜10時からはじまる生放送のニュースショーで、当時は視聴率が15パーセントからときには20パーセントに達することもある人気番組だった。

ゲストコメンテーターというのは、メイン司会の福留功男さんをはじめ女性アシスタントや解説担当のアンカーマンなど、メンバーが固定したレギュラー出演者のほかに、毎週男女ひとりずつ、作家や評論家、スポーツマンなど各界からゲストが呼ばれる習慣になっていた。

ゲストコメンテーターの顔ぶれも、時期によって変遷はあるが男女それぞれ8人から10人くらいが常連のメンバーで、その中から順繰りに指名されるような感じだった。といってもきちんと出演契約を結んでいたわけではなく、だいたい2カ月に1度くらい、電話で出演依頼があって、日程が合えば出演する、という具合だった。

私の場合、最初の回から8年半ほどは、ほぼ2カ月に1度の割合で電話があり、定期的に出演していた。

ところが2001年は4月28日の出演を最後に依頼が途絶え、その後2002年9月までの約1年半、ぱったりと電話が来なくなった。

原因には心当たりがあった。

2001年の4月28日は、第一次小泉内閣が発足した（4月26日）直後の収録だったが、私は番組の中で、

「この内閣は危険だ。次の参議院選挙では自民党の数を減らしたほうがいい」

とコメントしたのだ。

この日の番組の話題がどんなもので、私自身、なにを問題視してそのような発言をしたのか、肝腎な部分の記憶がまったく欠落しているのだが、そう発言したことははっきり覚えている。次の参議院選挙というのは、3カ月後の7月29日に投票がおこなわれる第19回参議院議員通常選挙のことだ。

もちろん、私のコメントが過激な発言であったことは間違いない。が、番組の制作者もそのときはとくに問題にしていなかったようで、終了後もとくにお咎めはなかった。いまから20年くらい前は、反政府的発言といってもそれほど問題にする空気はなかったのだと思う。

当時、自民党が絶えずテレビ番組をチェックしていて、鈴木宗男氏がその指揮を執っているらしい、という噂話が流れていた。今となっては当たり前のことだが、その頃は、本当にそんなことをやるのか、とみんな半分疑って聞いていた。が、どうやらこの手の「噂」というのは「表沙汰にならない真実」という意味のようで、それ以来出演依頼がなくなったのはきっと私の発言がチェックに引っかかったのだろう、と思うようになった。

依頼がなくなっても、自分から問い合わせるような立場でもないので、そのままにしていた。

ひさしぶりに依頼電話があったのは、1年半後の2002年9月。出演日は第一次小泉内閣が終わる9月30日の2週間前だったが、このタイミングに何か関係があるかどうかは分からない。ただ、「ブロードキャスター」が終了する2008年9月の収録のとき、プロデューサーにそれとなく私が推測する中断の理由を尋ねたら、曖昧な微笑を浮かべたまま、頷きはしないが否定もしなかった。

そういえば最近は、昔よくやっていた政治風刺の漫才やコントをテレビで観ることがなくなった。検閲される前に忖度しているのだろう。

家具のパズル

2023・3・27

カフェとショップの内装工事が一段落して、現場の片付けと大掃除がようやく終わった。

これまで使っていた家具や什器は、倉庫やガレージや空き部屋など、あちこちの空間に無理やり押し込んである。それらを取り出して運び、埃を払い、元の場所に収める……のだが、改装で間取りと動線が大幅に変わったので、しまってあった家具類の多くは元の場所の代わりに新しい置き場所を見つけなければならない。

私は工事の前にそれぞれの元の置き場所を確認してナンバーを振り、改装後に置く新しい場所を想定して、どれをどこに移動するか、新旧の対照図面を作成した。その図面にしたがって古い家具を新しい場所に置けば、全部うまく収まるはず……だが、現実はそう簡単にはいかない。図面と実際では寸法が微妙に違っていたり、寸法は合っていても置いてみると違和感があったり、さらには最初の図面にない、何年も前から使っていなかった家具が倉庫から出てきたりして、混乱を極めている。

店で使う家具類は、ほとんどがオリジナルの特注品だ。場所と用途に合わせてサイズや使い勝手を特定したデザインを描いて、工務店に作成を依頼する。あるいは鉄工所に頼んで角パイプの枠をつくってもらい、その枠に板を嵌める。ときには自分でホームセンターから板を買ってきて、日曜大工で作った隙間家具もある。

だから元の場所から移動すると使えなくなるものも多いが、思いがけない場所にぴったり寸法が合って収まることもあり、このジグソーパズルのような展開がたまらなく面白い。

開店まで、きょうを含めてあと5日。私はメジャーを片手に家具や什器の寸法を測りまくり、最後のレイアウトに向けて奮闘中だ。

足場解体

2023・4・3

開店の前日、テラス席の窓を覆っていた足場が解体された。

内装の改修工事が終わった後も、塗装作業のため外壁の全体に足場が残されていた。ある程度気温が上がらないと、無理に塗装してもあとで剥がれたり皺が寄ったりすると言われ、春が来るのを待っていたのだ。

3月の中旬以降、晴れると昼の気温は10℃を超えるようになったが、朝晩はまだ霜が降りる寒さだった。それでも開店の日のお客さんに足場を眺めながら食事をしてもらうのは忍び難かったので、無理を言って、所要時間を逆算してギリギリの日に塗装をはじめてもらうよう頼んだのだが、春分の日を過ぎてから雨の日が続いたので、いずれにしても残された時間はわずかしかなかった。

塗装の職人さんたちは連日午前6時から作業に取りかかり、30日の午前中に工程を終えた。この日もよい天気で、朝の最低気温は2℃だったが、昼間は塗膜を乾燥させるに十分な量の太陽が注いだ。

31日、足場は午後までに解体された。

足場がなくなってから、テント屋さんが来てガラス窓にオーニング（日除け）を取り付ける作業を開始。高所作業車を使っての作業なので、足場がある間は仕事ができないのだ。作業は外が暗くなるまで続いた。

こうして、突貫工事はギリギリで完了した。

12月の上旬に着手してから4カ月。その間、私はほぼ毎日現場を訪ねて職人さんたちの仕事を見てきた。建築工事、設備工事、電気工事、厨房工事、家具製作、内部塗装、外部塗装……さまざまな工事を請け負う大勢の職人さんたちが、それぞれ専門の知識と技術を駆使して仕事を進めるありさまを目の当たりにして、私は感心しきりだった。

私はあまり「日本スゴイ」論には与したくないのだが、精密な技術、勤勉な態度、納期を守る誠意……など、たとえばフランスで同じ工事を頼んだらおそらく半年以上はかかるだろう、と想像すると、日本の技術力とチーム力の素晴らしさにＷＢＣ以上の感動を覚えたのだった。

20年ぶりの、大きな工事。これで、少なくとも私が生きている間は、改修工事は不要だろう。次の大きな工事は、ワイナリー全体を取り壊して新しくするときかもしれない。それがもしいまから20年後だとしたら、設計管理はＡＩまかせ、現場では職人さんたちの代わりにロボットが作業しているのだろうか。

銘板

2023・4・10

改装工事が終わったので、ショップからカフェのほうに行く途中の柱に、それまで自宅の玄関にかけていた銘板を掲げることにした。
パリで買ってきたピンク色の大理石を模した細い額縁の中に、黄色い石壁を背景に古めかしい書体のラテン文字が記されている。
VILLA D'EST　PROCVL ESTE PROFANI
もちろん文字も背景も私が水彩と鉛筆で描いたもので、30年あまり前、この山の上に自宅を建てたときにつくった銘板だ。

ヴィラデスト　世俗から遠く離れて

ヴィラデストは、この土地をひと目見て気に入った私たち夫婦が、「ここだ（EST）！　ここにしよう！」と叫んだときに思いついた私の造語だが、続く一文は、ヴィチェンツァの北にあるヴィッラ・ゴーディという古い館にいまも掲げられている銘文である。

山の上に家を建てたときは、ここを終の棲《す》み家《か》として隠遁するつもりだった。だから「世俗から遠く離れて」あるいは「俗界から身を遠ざけて」という意味の銘文は、私にぴったりの言葉だった。

ところが……どうだろう。最初のうちは夫婦で畑をやり、わずかばかりのブドウを育て、静かな田園生活を送っていた。もちろん執筆活動は続けていたから田舎暮らしについて発信したり、里山の花や畑の野菜を絵に描いて発表したり、東京から友人や知人を呼んで遊ぶなど、決して「隠遁」していたわけではなかったが、世間とのお付き合いはそこそこに止めていた。

それが10年経った頃に突然ワイナリーをつくるという暴挙（？）に出て、レストランまで開いたので、それまで自宅だからという理由で断っていた来客を、不特定多数のお客様として大歓迎する立場に変わってしまった。

それどころかワイナリーやアカデミーをつくるための資金集めでは、東奔西走して人の顔を見れば「お金を出してください」と懇願するような、世俗から離れるなんてとんでもない、どっぷり首まで俗界に浸かって、これ以上世俗まみれの生活はないという人生を送ることになったのだった。

考えてみれば、そもそも私が「ヴィラ」という言葉に、「隠遁する隠れ家」みたいなイメージを抱いたのが間違いだったのかもしれない。

ヴィッラ・ゴーディは建築家パッラーディオの代表的作品だが、パッラーディオ自身が「田園生活は人に慰安と休養を与えてくれるものだが、人はそこで都市から離れている時間を活用して、自分の財産を検討したり、産業や農業などにより資産を増やしたりするために用いることもできる」といった言葉を残しているから、都市に住む貴族が田園のただなかに設けた「ヴィラ」の利用法には、もともと世俗的な側面があったようだ。が、ヴィッラ・ゴーディは眼下にヴィチェンツァ平野を見下ろす絶景の山上に建てられているから、仕事の合間にはひととき俗界を遠く見下ろして「世俗から離れ」ることができるのだ。

都市と田園の交流を進める拠点でもあった「ヴィラ VILLA」のまわりには、しだいに多くの人が集まってくる。

そして集まった人たちはそこに「村 VILLAGE」をつくり、村はやがて「街 VILLE」となっていく……。現在では「別荘」という意味で理解されている「ヴィラ VILLA」という語は、人びとが集積する核のような施設を示すものでもあったのだ。そんな言葉の歴史を考えれば、私たちがいまの風景を見てヴィラデストという言葉を思いついた瞬間から、この丘の上にはたくさんの人が集まってくるのが必然だった、とも言えるだろう。

ワイナリー開設20周年を機にこの銘板を自宅の玄関からカフェの入口に移したのは、ヴィラデストにやってくる人たちに、この結界を境にそれぞれが背に負っている世俗の塵を払い落とし、北アルプスと千曲川とブドウ畑を眺めながら、美味しいワインを飲んで美味しい料理を食べ、ひととき天上に遊ぶかのような愉快な時間を過ごしてもらいたい、という希望を込めてのことである。

ガーデンファーム

2023・4・17

いまの土地にワイナリーを建てる前、妻の実家に近い東京・恵比寿（代官山）のマンションで、小さな雑貨店を開いていたことがある。

ヴィラデストの畑で育てたハーブや手づくりのリース、私の絵を使った絵皿や絵葉書、タイから仕入れた作家ものの工芸品など、売れるか売れないか分からない品物を並べた、いわば趣味の店である。

建設途中のマンションにテナントとして入るので、店の内装をゼロから手がけられるのが魅力だった。そういう話を聞くとすぐ夢中になる質だから、私は現場にへばりついて作業を手伝った。

いちばん手がかかったのは壁の仕上げである。

建物の外壁はコンクリートなので、その内側に赤いレンガを貼り、レンガの上から白い漆喰を塗る。そこまでは左官屋さんの仕事だが、その後は私の出番である。私は漆喰が乾くのを待って、サンダーでその漆喰を削りはじめた。

「せっかく塗ったのにどうして……」

と工事関係者は訝ったが、私は表面の白い漆喰が剝がれて下のレンガが覗いている、フランスやイタリアの田舎でよく見かける古い壁に似せたかったのだ。

上のほうは比較的よく漆喰が保たれているが、下へ行くにつれて剝げた箇所が増え、レンガにもあちこち傷がついている……というイメージで、全体の構図を頭に描きながら、サンダーで石膏を削り、ノミと金槌でレンガを欠く。

何日かかったかは覚えていないが、帽子を被って防塵マスクをしても、全身が石膏の粉にまみれて大変な作業だったことはよく記憶している。

床と階段はタイから直輸入したチーク材でつくり、商品の陳列台は腕のいい木工職人に特注した。引き出しの把手には、フランスで買ってきた真鍮の金具を嵌めてもらった。

店は1997年11月にオープンして、4年間ほど営業した。2002年にワイナリーをつくろうと決めたので、東京の店を閉め、ショップはそっくり信州に移動することにした。

いまワイナリーのショップの壁際に並んでいる商品陳列台は、東京の店から運んだものだ。例によってメジャーで寸法を測りながら慎重に組み合わせを考え、すべての陳列台をほぼそのまま再構成して並べ直した。

東京の店の名前は、ヴィラデスト・ガーデンファーム。夫婦でやっている庭のような小さな畑を、ガーデンファームと名付けたのも私たちの造語である。

ワイナリーは2003年の秋から醸造をはじめ、ショップとカフェは2004年4月16日にオープンした。昨日が、ちょうど20周年の記念日だ。

昨年末からこの4月まで、建築工事と内装デザインに夢中になって、ほとんどまともな仕事をしていない。

気がついたら、もう1年の3分の1が過ぎようとしている。

今年は2冊の本を書く予定なので、そろそろ書斎に戻らなければならない。

ライラック

2023・4・24

内装工事にかまけて建物の中ばかり見ているうちに、外にはすっかり春が来ていた。スイセンが咲きはじめたことは知っていたが、知らぬ間にユキヤナギもハナコブシも花海棠《ハナカイドウ》も満開になっていて、新緑も濃さを増していた。

去年の今頃は、里山の森やガーデンを歩き回って花を探し、見つけたらすぐにアトリエで絵を描いた。まだコロナ禍が続いていたので、家にこもって絵を描くにはお誂え向きだった。

それが今年は、カフェの改造工事があっただけでなく、外に出る機会も増えたので、アトリエにいる時間がほとんどなくなった。その上、今年は本を2冊書く予定なので、絵を描く代わりに書斎にこもってパソコンに向かっている。

それにしても、今年は急に暖かくなったので花の咲くのが早い。例年より2週間くらい早いのではないだろうか。

書斎の窓から見えるところにライラックの木があるが、もう白い花が咲いている。

妻の誕生日は5月8日で、ライラックはちょうどその頃に咲くものと決まっていた。ところが去年は4月の末に開花したので、ずいぶん早くなったなと思っていたら、今年はそれよりも早いのだ。

「今年はライラックが早いね」

「そう、もうあんなに咲いてる」

妻とふたりで白い花を見ながら、年々早くなっていく季節に思いを馳せていた。

「ライラックが早く咲くようになったのだから、それに合わせて誕生日も早くしようか」

私がそう言ったら、彼女はあわてたように強い口調で言った。

「そ、それはお断り」

原稿用紙

２０２３・５・１

私がパソコンを使って原稿を書きはじめたのは、１９９９年、54歳のときからだ。それまでは職業的執筆者として30年近く、原稿用紙に万年筆で書いてきた。

50歳くらいのときから業界にもデジタル化の波が押し寄せるようになり、ワープロを使う作家の話もちらほらと耳に入ってきた。

が、私は一貫して、紙と万年筆ならどこへでも持ち運ぶことができる、ノートパソコンよりはるかに軽量のモバイルツールだ、と言い張って信条を変えなかった。

内心では、いつかは出版界もデジタルの波に呑み込まれることになるだろうが、それはまだ10年も20年も先の話だろう、自分が現役のうちはその波から逃れていられるはずだ、とタカを括っていたのである。

ところが、波は予想をはるかに上回るスピードでやってきた。

私も、たまたま小さなノートパソコンが手に入ったのを契機に、早くからパソコンを使って仕事をしていた妻と妹にバカにされながら、なんとか追いついて行った。

あれから24年、事態はどんどん進んでいる。

かつて原稿の量は、400字詰め原稿用紙の枚数で数えたものだ。原稿用紙3枚でコラムを書いてください、1冊の本には300枚は必要です……パソコンで書いても原稿用紙の枚数に換算する。それが業界の慣習だった。

ところが、いまは字数で言うらしい。

ベテランの編集者は年老いた物書きを慮っていまでも枚数で言ってくれるが、最近会った若い編集者は、400字詰め原稿用紙で……と私が言ったらポカンとしていた。意味が分からないらしい。私は頭の中で換算して、

「じゃあこんどの本は、12万字くらい書けばいいですか」

と言い直し、やれやれ面倒な時代になったものだとため息をついた。

そのうちに、こんどの本は……と、言いかけたら、
「あ、もうチャットGPTさんに頼みましたから結構です」
と断られたりするのだろうか。

サウナとアヒージョ　2023・5・8

テレビのニュースは毎日何本も見ているし、ネットもときどき覗いているので、同世代の老人より多少は世間の動向に詳しいと思っているのだが、次々にあらわれては消える流行のスピードにはなかなかついて行けない。

この何年間かずっと考えているのだが、アヒージョなるものはいつ頃から流行りはじめたのだろう。

小さな土器の鍋でオリーブオイルを熱して、ニンニクといっしょにエビやマッシュルームその他の具材を煮ながら食べる、スペイン料理。オイルに浸したパンをかじりながらワインとともに楽しむ、バルのカウンターでは定番のメニューだという。思い出せば私もバルセロナあたりで食べた記憶があるような、ないような……。

その程度の認識しかなかったので、名前を言われてもすぐに反応できなかったが、聞いてみると若い人はみんな知っていた。テレビの食レポやキャンプ情報にも頻繁に登場する。

ウィキペディアを見たら「2000年代に入ってからバル（スペイン版居酒屋）が多く出店されるようになったのが広まった理由」とあったが、私はそんな現象を知らなかったし、もちろん日本のスペイン式バルには入ったことがない。東京に住んでいた頃はグルメ評論やレストラン批評をやっていた私も、すっかり情報から取り残されてしまった。

サウナがいつから流行したのかも気にかかる。

最近は「ととのう」だとか「サウナー」だとか「ロウリュウ」とかいう言葉まで使われるようになり、ホテルや旅館、リゾート施設はこぞってサウナを新設して客を呼ぼうとしている。

新しいサウナのターゲットは、やはり若い層だ。昔はサウナといえば都会のビルの中にあって、疲れたサラリーマンのおじさんたちがたむろする暗い場所だったのに。

これもネットで検索すると、『サ道』という漫画が発端らしい。2009年からSNSで発信されたタナカカツキ氏のエッセイが2011年に書籍化され、2014年に漫画化された。そして2019年にはドラマ化され、一気にブームになったのだという。

私は漫画を読まないので『スラムダンク』すら知らなかったし、もちろん『サ道』も知らなかったけれども、最近の流行がSNSから漫画へ、漫画からドラマへ、というかたちでつくられていくことは理解した。

私は若いとき、フィンランドで船の中のサウナや湖畔のサウナに入ってすっかり気に入ったので、40年前、軽井沢に家をつくったとき、家庭用サウナをバスルームに組み込んだ。

3人用、というが2人でも窮屈、ひとりで入るのがちょうどよい大きさだが、バスルームからドアを開ければ直接外に出られるようにしたので、雪が降ったときは裸で飛び回った。いちおう板で囲って目隠しはしてあるが、軽井沢の冬に人はいない。

いまの家を建てるとき、そのユニットをそのまま移したので、いまでも同じように使うことができる。バスルームのドアを開ければ外にも出られるが、出たところは物干し台だ。

老人に温度差は禁物なので水風呂には入らない。サウナから出たら、風呂場でシャワーを浴びながら浴槽の掃除をする。いまの流行とはかけ離れた、これが私のサ道である。

ニーワン　2023・5・15

昨年からはじめた台所の前の小さな菜園に、今年も野菜の苗を植えた。トマト、キュウリ、ナス、ピーマン、ズッキーニの苗を、全部で20本あまり。

今年は気合いが入っていたので、畑の畝にはマルチシートを張り、畝間に防草シートを敷き詰めて、早くから準備していたのに、なかなか暖かくならない。春が早く来てサクラが早く咲いたと思ったら、そのあとまた気温が下がり、4月下旬まで霜注意報の出る日が続いた。

朝の気温が4℃を切ると、霜が降りる確率が高くなる。霜というのは微妙なもので、風があるかないかで、あるいは場所によって、1℃でも降りないことがあり、5℃でも降りることがある。注意報が出ている朝は、不安を抱えながら起きるなり外に出て確かめる。

5月に入ってようやく最低気温が7、8℃になったので、連休のあいだに植え付けた。たしか、去年も同じ頃に植えたはずだ。

ところが、今年はそのあとでまた寒くなったのだ。連休明け8日の夜、また霜注意報が出た。予想気温は3℃である。暗くなってから、心配になって夫婦で相談した。なにか対策をしなくては。

私たちは温室に置いてある植木鉢をかき集め、植えた苗のひとつひとつに被せていった。苗はまだ小さいのですっぽりと収まる。

作業をしながら、何十年か前の春、中国に行ったときのことを思い出した。

あれはたしか、北京より少し西へ行った、内陸の農村だった。見渡す限りの広い畑に、無数の野菜の苗が植えてある。まだ小さな、若い苗である。見ると、畑の片隅に、素焼きの椀が山のように積んである。

あれは、なにをするものですか。私が案内人にそう質問すると、あれはニーワンです、と言い、朝晩の気温が下がる日には、夕方になるとすべての苗にそれを被せ、朝が来るとそれらをすべて取って元に戻すのだという。

え、この広大な畑の、すべての苗に？　いくら人海戦術といっても、信じられない作業量だ。ニーワンは、泥椀、と書く。素焼きの丸い植木鉢のようなものである。

あのときの風景を思い出しながら、それから私たちは3日間、朝の気温が上がる日まで、わずか20個あまりのニーワンを着脱する作業を続けた。

中国の農村は、この何十年かの間に、どのくらい変わったのだろう。少子化と高齢化が進んでいると聞くから、もうあんな人海戦術はできないかもしれない。

日本語の効用

2023・5・22

フランス在住の友人が、ひさしぶりに日本に帰ってきた。母親として2人の子供を連れての旅行には慣れているが、今回は大変だったらしい。

飛行機が混んでいて直行便が取れず、途中で乗り継がなければならなかったのだが、最初の便が遅延して時間に遅れてしまった。

空港は混乱していて、航空会社の対応も悪く、次の便を見つけるのに苦労した。が、なんとか数時間を費やして席を確保した。

ところが、ようやく取れたのは香港行きの便で、ドバイで乗り継いだ後、さらに香港で東京行きに乗り換えなければならなかった。しかも香港ではトランジットだというのに入国審査と税関を通っていったん外に出てから再度チェックインする必要があり、そのうえコロナワクチンの接種済み証の提示を求められた。

彼女は直前にパリで接種を受けて来たのだが、飛行機が遅延している間に期限が切れてしまった。そのことを空港職員に何度も説明したが埒があかない。実は、ちょうど規制が緩和された当日で、その日から日本の入国に接種済み証は不要になったのに、職員はそのことも認識していなかった。

彼女は英語とフランス語で何度も説明し、抗議もしたが受け入れられず、中国人の職員はいらいらして怒るばかり。英語に中国語が混じって興奮しているようすなので、彼女も最後は抵抗を諦め、弱々しく日本語で嘆願した。

「お願いだから、なんとかなりませんか……」

すると、それまで怒鳴り散らしていた職員が、途端に静かになった。日本語で言われたので日本語で返事しなければいけないと思ったのだろう。しばらく頭の中でマニュアルで教えられた日本語を反復しているようだったが、しばらくすると頭を下げてこう言った。

「お客様にご迷惑をおかけして申し訳ありません」

そうしたら、急に大人しくなったのよ。それからはこちらの言う通りにしてくれた。日本語になった途端に、態度が変わったの。日本語って、役に立つな、と思ったわ。

あくまでも非を認めず論争を挑む中国人と、意味なく謝って対決を避けようとする日本人。どちらがよいのか分からないが、言葉が態度を規定するというのも面白い話である。

梅雨入り　2023・5・29

家庭菜園の野菜たちは、なんとか晩霜を免れた。

ニーワンは用済みになり植木鉢は温室に戻ったが、トマトの茎が伸びはじめたので支柱を立てなければ、と思っているうちに強風が吹いて、朝起きたら2本の茎が根元からポッキリ折れていた。

あわてて残りの苗に支柱を立て、茎を支柱に結びつけた。トマトはもう脇芽が出ていたので芽掻きもした。そろそろ野菜たちに手間がかかる頃である。

寒かったり、暑かったり、また寒かったりしているうちに5月が終わろうとしている。日本列島の南海上には台風が来ていて、その影響か週末から雨になっている。天気予報によれば、甲信越は今月中に梅雨に入るかもしれないという。

去年もたしか、早く梅雨に入ったが入った後はすぐに晴れが続き、真夏のような猛烈な暑さになった。気象庁もいったん梅雨明け宣言をしたが、宣言をしたら急に雨が降りはじめて、あらためて梅雨は続いていると訂正した……というようなことがあったと記憶している。

もう何年も前から、梅雨入りは事前に時期を予告せず、入った後に追認するようなかたちになっていた。それでも宣言してほしいという要望があって、気象庁もどっちつかずになっている。もう、気候変動は過去のデータが役に立たないフェーズに入っているのだろう。

去年はズッキーニがよくできなかった。

ズッキーニは暑さに弱い。いつもは6月の中頃からたくさんの実をつけ、8月に入ると少し弱ってひと休みし、9月になるとまた息を吹き返してまたしばらく実をつける、というペースなのだが、6月から猛暑が来ると対応できないらしい。

今年もまた梅雨が早く明けて、去年のような猛暑が来るのだろうか。

えこひいき　２０２３・６・５

　私が今のところに引っ越してきたのは、２００４年に合併して東御市ができる前の、東部町と言っていた頃である。引っ越してきて間もなく、ふるさとナントカ賞という（名前も忘れてしまった）イベントがあって、その審査員長を引き受けたことがある。県内の市町村から代表が出て、スピーチや実演でふるさと自慢をする、という催しである。もう30年以上も前のことなので記憶は曖昧だが、鮮やかに覚えていることが二つある。

　一つは、マムシ獲り名人という人が出てきて。舞台の上で実演をしたときだ。紹介が済むと、名人はやおら袋の中からマムシを取り出して舞台に放ち、それを手にした棒のようなものの先でひょい、っと捕まえようとしたら、名人も緊張していたのだろうか、スルッと逃げたマムシが一直線に舞台から客席のほうを目指して滑っていった……。

　名人もあわてたが、観客もあわてた。舞台のすぐ下には音楽隊がいたが、全員が楽器を抱えて一目散に逃げ出した。幸い、マムシは人を襲う前に舞台を飛び降りた名人の手によって確保され、ざわめきが収まると音楽隊も元の席に戻り、名人はそのまま消えたが舞台は続行した。

　もうひとつ覚えているのは、審査結果を発表した後のことである。

　たしか1等から3等くらいまで決めて、ほかに敢闘賞とか努力賞とかいう賞があったのだと思う。こういうイベントではとくに優劣をつけるほどの差は出ないものだが、審査員のあいだで意見を交換している間に、だいたいの合意が形成されるのがふつうである。このときも、どこかの町か村の出し物が賞を取り、無事イベントは終了した。

東部町の出し物がなんだったかは覚えていないが、とくに上位の賞を取るほどではなかったのだと思う。私は東部町在住と紹介されていたので、東部町が上位に来ると困るな、と思っていた。東部町在住の審査員長が東部町に一等賞を与えたら、えこひいきと思われるに違いない。が、心配は杞憂に終わり、東部町は上位入賞の議論の対象にはならなかった。

ところが、イベントが終わった後、出場者に付き添って来ていた東部町役場の職員から、玉村さんが審査員長なら東部町に賞をくれると思ったのに、という不満の声が聞こえてきた。

私は、なるほど、そういうものなのか……と、私とまったく違う感覚にびっくりした。たしかに、審査員長が強く主張すれば、東部町をなにかの賞に押し込めたかもしれない。しかし、それはやってはいけないことだと私は思っていた。むしろ、賞を争う位置にいたら、東部町には遠慮してもらおうと考えていたくらいだ。

世間では、こういう場合、えこひいきをするのが当たり前らしい。

会社の社長は子息を社長にしたがるし、政治家は世襲の子供に後を継がせる。

これは世界のどこでも同じだが、政権を預かる者もお友達に利権を与えて当然と思っている。

日本でもこうした問題はしばしば追及されるが、それで何かが変わったという話は耳にしたことがない。

政治家の世襲が問題なのは、個人的な資質を問うているのではない。政治家を支えているのは利権集団であり、世襲によってその利権集団がもっとも確実に温存されることなのである。だから、議員の顔が変わってもそれを支える集団の既得権益は守られ、それにしがみついたまま、日本はどんなに変革を求められても対応できない。

それにしても、私は子供を持たない選択をして本当によかったと思っている。

いくら自分はそうならないと信じていても、バカ息子ほど可愛いというから、バカ息子を持ったらやっぱり親バカになるのだろう。切ない話である。

妾の子

2023・6・12

コロナ明けで、人の動きが活発になった。

カフェに来るお客さんも、3年ぶりとか4年ぶりとかいう人が多くなった。

20年も営業していると、顔なじみの常連客も増えてくるが、顔も名前も知っているのに、何をしている人か分からないことも多い。

予約を確認すれば名前は分かるし、どちらからお出でになりましたか、と聞けば住んでいるところも分かるが、突然その人の職業を聞くわけにもいかない。何回か話しているうちに察しがつくこともあれば、まったく手掛かりのないまま何年も過ぎてしまうこともある。

以前よく来ていた人が、あるときから突然来なくなることがある。

転居したのか、不幸があったのか、想像しても分からない。自分の場合で考えてみても、とくに理由はないがなんとなく足が遠のいて、間が空くとかえって行きにくくなり、そのまま縁が切れてしまう店もある。

しばらく顔を見ないと思っていたら、遺影をもって来店する客もいる。パートナーが亡くなって、ようやく一段落したからやってきた。しきりにもう一度行きたいと言っていたので、写真だけでもいっしょにと思って。

……こういう話を書くとき、「ご主人」とか「奥様」とかいう語を、最近は使いにくくなってきた。「パートナー」では、なんとなく感じが出ないのだが。

飲食店や宿泊施設では、男女のカップル（男女、と書いてもいいのか悪いのか、それすらも難しくなってきたが）を迎える場合は、言葉に気をつけなければならないとされてきた。カップルの女性を不用意に「奥様」と呼んではいけない。そういうときは「お連れ様」と言うのだと。それもなんだか意味深だけど。

そういえば、もう10年以上前のことになると思うが、たまたま私がショップにいたときに、入口のドアを開けて入ってきた男の人が私に声をかけた。

「玉村です」

見ると、写真で見る父・方久斗（ホクト＝画号）の顔とそっくりだ。

私も父親似の風貌だが、もっと似ている。ほとんど生き写しと言っていい。

あまりにも似ているので私が唖然としていると、その人も私の驚きが分かったのだろう、大きな声でこう言った。

「方久斗の妾の子です！」

店中に響き渡るような大声だった。私もそうだが、声が大きいのも父親譲りなのだ。それにしても……。

まったく突然の訪問だったが、「妾の子」も新鮮だった。ショップにはかなりの人数がいたが、みんなびっくりしただろう。

父親は若い頃、京都で絵描きになったが最初の妻と死別し、それを機に東京へ出て有望画家としてデビュー、その後、モデルの女性と暮らしはじめたが彼女も病死し、お見合いで再婚した。それが私の母である。

話を聞くと、子供の頃は西荻窪の家にもよく出入りして、小さい頃の私と遊んだことがあるという。西荻窪の家というのは再婚後に新築して夫婦で住んだ、私が生まれた家である。その人は年齢的には私より少し上だから、彼が覚えていることを私は覚えていない。

それにしても、妾の子を実の子といっしょに遊ばせるなど、父親はなかなか豪気な人物ではないか。私は顔も似ているし、禿もそっくりだし、声も大きいし、画才もちょっぴりだけ受け継いでいるというのに、他所に子をつくる甲斐性がなかったのは残念である。

＊註＝最近は「妾」という言葉にも読みと意味の説明が必要だろうか。

夏至

２０２３・６・19

今年は明後日、６月21日が夏至にあたる。

我が家のある場所の日の入りは19時07分。夏至の前後合わせて10日間くらいは、日没時間に変化はない。

冬至を過ぎると少しずつ日が長くなるが、日没時間はだいたい１日に１分の割合で遅くなっていく。そして６月の中旬にその曲線はピークを迎え、しばらく同じ日の長さが続いた後、夏至を数日過ぎた頃から再び日が短くなりはじめる。

ところが、折り返し地点からはスピードが2倍になり、こんどは1日に2分の割合で日没時間が早くなるのだ。11月の終わりごろになると、午後4時半にはもう暗くなる。

私が日没時間に詳しいのは、カフェの営業をはじめるとき、開店は朝10時、閉店は日没時間、と決め、それ以来、店を入ったところに「本日の日没」と記したアクリルケースを掲げて、その日の日没時間を示す数字を記した紙を毎日入れ替えていたからだ。

日没時間で閉める動物園、というのは外国によくあるが、日没閉店というカフェやショップは珍しいだろう。最初はスタッフに反対されたが、うちの売り物はこの素晴らしい景色なのだから、と言って反対を押し切った。

都会からくるお客さんは、ほとんど日没時間など意識していない。沈む太陽を見る機会も少ないのだろう。空がこんなに広いなんて……とそれだけで感激する人もいるくらいだ。そう考えると、新しい発見をしてもらえる日没閉店はそれなりに意義があったと思うのだが、10年くらい続けた後、結局は諦めることになった。

営業時間は最長で9時間10分、最短で6時間半。時間が季節で変化すると、スタッフの勤務時間を調整するのが難しい。それに、遠くからくるお客さんが多いこともあって、7時過ぎまで店を開けていても大半は5時には帰ってしまう。そもそも5月の連休と8月の夏休みに挟まれた6月は（ガーデンの花がいちばん美しい季節なのに！）お客さんが少ない時期なのだ。無駄に人を使うこともできず、効率から考えればやむを得ない。店の経営は、だんだん現実的になっていく。

ここのところ数日間は晴れているので、夕焼けが見られた。

晴れているからといって、かならず夕焼けが美しいわけではない。空の中層に適当な雲があって、太陽が落ちていく山際には雲がなく……といったいくつかの条件に恵まれた上で、その日の湿度や、空の透明度や、そのほかにも赤やオレンジの色を左右する要素があるのだろう、夕焼けの風景は毎日異なり、本当に美しい、と感嘆する日没に出合うことはめったにない。

明後日の夏至は、晴れるだろうか。

ヨーロッパでは6月が1年でいちばん美しい季節で、天候も安定している。だから北欧の夏至祭や英国王の誕生祭などがおこなわれるのだが、日本の6月は梅雨に当たるのが残念だ。

玉さん古書店

2023・6・26

廊下に溢れた蔵書は、料理や食文化関係の本だけ1000冊以上を選んで、数年前に仲間といっしょに村の空き家を改装してつくった民泊に寄贈した。それを目当てに民泊に泊まる人はまだいないようだが、築100年に近い養蚕農家の広間は快適で、夏の一日を風に吹かれながら読書する時間は極楽だ。

寄贈した本は全部読んでいるわけではない。資料として一部を検索した本がほとんどで、中にはまったく読んでいない本もある。だからときには畳の広間で昔の自分が買った本と対面してみたい……と思うのだが、自宅から民泊までは歩いて10分だというのに、なかなかそんな時間が取れない。

そのうちに、いったんは空になった廊下の本棚に、また本が増えはじめている。

私はとくに読書が好きというわけでもないのだが、新聞の書評欄を読んでいるとかならず買いたくなる本がある。昔なら書店に行かなければ買えなかった本が、いまはスマホが手にあれば瞬時に注文できるから困る。

届いた本は、まず目次とまえがき・あとがきを見た後、パラパラとページを捲って中を拾い読みしてから書斎の机の脇に積んでおくのだが、たいがいはそのまま積読（つんどく）になってしまう。机の脇の台には、すでに積読本が山になっている。

その中には、いつかかならず読もう、と思っている本と、これはきっと読まないだろう、というか、内容が難しくて読んでも分からないだろうと思う本がある。難しい本なら買わなければばよいのに、書評を読むと興味が先に立ってしまうのだ。

そのうえ、知り合いからの寄贈本もある。

私も自分の本が出たときは何人かに贈呈するが、するとお返しにまた本が送られてくる。寄贈本もどんどん溜まって、廊下の本棚にまで侵出しはじめた。

再び整理する必要に迫られたので、それらの本の一部をカフェの地下にあるギャラリーに並べて「玉村古書店」と書いた名札を置き、自由に持って行ってもらうようにした。横にチャリティーボックスを置いておくといくらかのお金が集まるので、年末にまとめて福祉施設に寄付をする。

並べた本のうち、早くなくなるのはやはり新しい本である。最近の積読本は、もうほとんどなくなった。

本棚に残っているのは寄贈本のほうだ。知らない人から自費出版の詩集や自伝が送られてくることもあるが、そういう本は思いがこもっているだけに処分しにくい。

名の知られた著者からも著作が送られてくるが、そういう本は宛名や署名が入っていることが多いので、これも処分が難しい。

本に署名をするときは、見返し（表紙を捲ったとき最初にあらわれる、表紙の裏に貼られた紙の続き）に書くのが慣わしだ。見返しは本文用紙とは別の紙なので、署名があっても後から切り離すことができるからである。カッターで慎重に1枚だけ切り取れば、署名も宛名もなかったことになる。

新書や文庫だと見返しがないので署名は消せないが、署名があってもなくても、書いた本人が「玉村古書店」にやってくるのがいちばん困る。前に一度、親しい友人が書いた本を出しておいたら、予約なしにランチを食べに来た本人から、下に行ったら俺の本があったので100円で買った、と言われたことがある。

そういう著者本が相当溜まっているので、そろそろ放出したいところだ。どれも訪ねて来る危険性のある著者の本だが、私の手元に読まないまま置かれるより、古本に出して新しい読者を獲得したほうがよいと、思ってもらえるかどうか。

終活

2023・7・3

たまに週刊誌の編集部から電話がかかってきて、終活はどうしていますか、と聞かれることがある。

週刊誌の話題といえばもっぱら老人の健康法と年金や資産の運用、相続と墓、介護施設などの紹介、といったところで、終活についても定期的に取り上げる。どうやらそういう特集のときに私の名前を思い出す記者がいるようで、つい先日も、その後終活は進んでいますか、と聞かれた。数年前に、本を整理した話をした相手らしい。

進んでいるもなにも、終活なんてすっかり忘れていた。いや、忘れていたというより、諦めた、というほうが正しいか。

たしかに、70歳を過ぎた頃、遺言を書いたり本や食器を処分したり、終活の真似事をしたことはあった。しかし、それ以降、モノは減るどころか増えている。

老人は、周囲に迷惑をかけずに死んでいくべきである。私もそう思うが、葬式や死後の一連の行事は、生き残った者が心の整理のためにやるという一面もあるので、死んでいく者があぁせいこうせいと指図できるものでもない。

残された遺品も、少しはあったほうが、故人を思い出す縁になるだろう。

本棚を片付けていたら、本のあいだからエッチなビデオが出てきた。あら、お父さんたら、こんなの観てたのね。それでひとしきり家族の話題になれば、故人から遺族への微笑ましい贈り物、とは言えないだろうか。

お父さんが死んで、子供たちが遺品の整理にやってきた。そうしたら、部屋の隅々まできっちり整理されていて、手をつけるところがどこにもない……終活を進めて部屋の中がガランとしてしまったら、遺族も寂しいではないか。

子供たちは、部屋を片付けながら、ひとつひとつ出てくるモノを手に取って、お父さんのことを思い出すのである。その間は、お父さんが話題の主役になる。

葬式は不要、遺灰はブドウ畑に散骨する。偲ぶ会とかいう催しもやらないでほしい……というのが私の遺言だが、本や書類や絵を描き散らした紙が山のように積まれている書斎とアトリエが残されれば、誰かが片付けにやってくるに違いない。片付けが一段落したところで休みながらワインでも飲めば、それが「偲ぶ会」になるだろう。そのとき、気に入ったモノがあったら何でも持って行ってよい、と遺言に加えておけば、遺品の整理もおのずからできるはずだ。

だから、私はもう終活は止めました、と言ったら、記事にならないので週刊誌の記者は困っているようだった。

自宅ホテル化計画

2023・7・10

軽井沢から東御市（当時は東部町）のいまの家に引っ越したのは、1991年8月8日。建築は1年前からはじまり、夏前に完成するはずだったが工事が延びて、待ち切れないので未完成の工事現場に無理やり住みついた。

ゲストルームにする予定の離れだけ先に工事してもらい、ドアに鍵をつけ窓にはカーテン代わりの布を垂らし、台所がないので未完成の現場にプロパンガスを持ち込んで調理した。最終的に全体が完成したのは、暮れも押し詰まった12月30日のことである。

まだバブルの名残がある時期で、高速道路の建設も重なり、資材や職人さんを確保するのが大変だった。それに、なによりも家が大きかった。

軽井沢の家が予想より高く売れたので、それを全部注ぎ込んだ上に借金をして、思い切って大きな家を建てた。終の棲み家のつもりだったし、あの頃は隠遁を望んでいたので、やりたいことがすべて家の中でできるスペースが必要だった。

あれから32年。同じ家にこんなに長く住んだのは初めてだ。生まれてから22年間も西荻窪の生家で過ごした後は、毎年のように引っ越しを繰り返し、落ち着いたかと思った軽井沢も7年で別れを告げた。

家が完成したとき、建築家は、

「この家は100年もちますよ」

と太鼓判を押した。

「そんな、100年もたなくてもいいから、もっと安くつくってほしかった」

と私は言い返して笑ったが、32年経ってみると、一部に老朽化している部分はあるものの、たしかに屋根も軀体もあと数十年はラクにもちそうだ。

家を設計する段階から、将来足腰が立たなくなって車椅子で暮らすようになったら、どこにエレベーターをつければよいか考えていた。本格的なエレベーターは高くつくが、1階と2階を往復するだけの車椅子用エレベーターなら外付けも可能である。

ワイナリーをつくる頃からは、1階の台所と居間でレストランを営業するにはどうしたらよいか、つねに考えてきた。

いまは、2階のアトリエと書斎に、それぞれ小さなバス・トイレをつける設計図を書いている。そうすれば、すでにある主寝室と小寝室を合わせて、2階だけで4部屋のホテルルームが確保できる。ツインベッドの部屋が3つ、ダブルベッドの部屋が1つ。アトリエの部屋にはエキストラベッドも置けるから、確実に8人は泊まれる。階下には、厨房とサロン（暖炉とピアノがある）のほか、宿泊客とそのゲストが食事できるテーブル席を20名分くらい用意できるスペースがある。

定員8名のオーベルジュ。設計を考えているうちに、だんだん早くつくりたくなってきた。

私が死んでから完成したのでは見ることができないし、生きているうちにつくるなら引っ越さなければならない。だいいち、生きているうちにつくるにしても自分でつくるだけの資金はない。誰か、自宅をホテルにしてくれる人はいないだろうか。

ホテルをつくることになれば、業者はまず家の中のガラクタを処分することからはじめるだろう。そうなれば、終活の問題は一気に解決する。

潰れた計画　2023・7・17

ヴィラデストの近くにホテルをつくりたいという人は、これまでに何人もあらわれた。最初に訪ねてきたのはホテル関係のファンドをやっている人で、なるべく近い土地がいいと言うので裏山の斜面を紹介した。

ヴィラデストの南東に当たる裏山から、もっと標高の高い山麓に続く広大な斜面の一帯は、かつてリゾート開発会社が買い占めていた眺めのよい土地である。開発会社がその一帯を手に入れたのはバブル期の頃と思われるが、水の便が悪く、結局開発を断念したまま、時代が変わって会社は倒産した。

最初に訪ねてきた人に私が紹介したのは、倒産した会社に代わって土地を管理していた不動産業者が持っている同じ一帯の下のほうの区画で、そこなら少し遠いが下の集落から水を引くことは可能だった。

眺望は抜群で、日当たりのよい南面地。斜面に道路をつくるのに費用はかかりそうだが、その人もひと目見て気に入ったようだった。

が、それから半年ほどして、断念したという連絡が入った。土地を見に来たすぐ後にリーマンショックがあり、ファンドはホテル事業から撤退したという。

次はもう少し最近、いまは使っていない地元の人の土地があって、集落の中だが距離も近いし眺めもよいので、誰かホテルを建ててくれる人はいないか、何社かに当たったらそのうちの1社が乗り気になった。

この計画は、関係者を集めてプロジェクトチームをつくり、2年ほど議論を重ねて美しい完成予想図までできたのだが、結局さまざまの理由で実現しなかった。残念だったが、その後すぐコロナ禍になったので、もしできていたらかえって大変だったかもしれない。

候補地は、南東の裏山以外にも2カ所ほどある。どちらもヴィラデストのブドウ畑に隣接する山林である。

直近では一昨年、大手の不動産会社から打診があったのでそれらの土地を案内したのだが、昨年になってやっぱり断りが入った。社内で検討した結果、繁閑の差が大きい場所でのホテル経営は難しいという意見が多く、昨今の建築費の高騰もあって計画は白紙になったという。

計画が潰れるたびに、残念な気持ちとホッとした気持ちが交錯する。

近くにホテルができるのはうれしいが、もしできたら、きっと友人や知人が泊まりに来て、夜になると呼び出しがあるだろう。いまみんなで飲んでいるから出てこないか。

東京で暮らしていた若い頃は、六本木や西麻布のマンションに住んでいたので、毎晩のように近くのバーから呼び出しがあったものだ。いまはもうそんな元気もないが、自宅の隣にホテルがあったら断るわけにもいかないだろう。

そう思って、これまでは計画が潰れたら潰れたでホッとしていたのだが、さすがにごく最近は、友人たちはみんな歳をとってしまい、人を呼び出す元気もなく、早く寝てしまうから、その心配はなくなったかもしれない。

ウィスキー工場

2023・7・24

小諸に新しくできたウィスキー工場を見学した。

台湾で立ち上げた高級ウィスキー「カバラン」を世界的な人気ブランドに育てたマスターブレンダーのイアン・チャン氏が、日本に新天地を求めて小諸に拠点を移したのだという。

水源地に近い森の中に建てられた蒸留所は素晴らしい建物。ガラス張りの向こうに巨大な蒸留器とすべての蒸留設備が一望できる。製造をはじめたばかりだからまだ貯蔵庫には樽がないが、3年後には発売が可能になる。

原料はスコットランドから輸入し、水は小諸市の配水池から引いて、それらを混ぜて発酵槽に入れてから蒸留が終わるまで5日間。工場は年中無休で稼働するから、年間20万リットルの生産が可能だそうだ。

総工費は公称20億円。コロナ前にスタートしたから安上がりに済んだ、いまなら30億はかかるだろう、とのこと。ケタが違って想像しにくい額だが、すでに3年先まで世界中から予約注文が入っているというから、投資額を回収するのにそう時間はかからないだろう。

地元にこんな世界的なウィスキー工場ができたのはうれしいが、ワイン造りとの違いにため息が出た。

ビール造りも装置産業で、原料を輸入して水さえ調達すれば、どこにでも工場を建てて生産を開始することができる。もっとも上質な（または安価な）原料を世界中から探し出し、もっとも生産に有利な立地（土地や税金が安い、労働力がある、人件費が安い……など）を見つけてそこに工場を建てる、いわゆる工業のやりかたである。

日本ウィスキーの特徴は熟成の環境にある（寒暖の差が大きいとか湿度が高いとか）らしいので、

その点で小諸という土地が適していたようだが、政情不安定な台湾を避け、世界的な日本ウィスキーブームの一翼を担うという意味も含めて「もっとも生産に有利な立地」を選ぶことができるのも、工業的生産の有利さだ。

昔、友人だった（いまは亡き）ウェールズ出身の作家C・W・ニコル氏が、ピート（ウィスキーに香りをつける泥炭）をスコットランドから輸入して造る日本のウィスキーはインチキだ、と糾弾するのを聞いていたので、なんとなくウィスキーもワインと同じように原料の産地を問題にする農業的な側面をもっているように理解してきたのだが、どうやらそんな時代は過ぎ去ったようである。ピートは石狩平野にもあるが、いま世界的な人気の日本ウィスキーのメーカーは、どこもピートによる薫香をあらかじめつけたモルト（麦芽）をスコットランドなどから輸入して使っている。が、世界中でそれを問題にする人はいないようだ。

土地に縛り付けられて、原料を1年かけて育て、1年に1回しか生産ができない、農業そのもののワイン造りとは根本的に違うのだ。

愚痴を言っているわけではない……いや、やっぱり愚痴か。農業は効率が悪いから、やりたいという若い人がいないのだ。

ブドウ畑は順調に繁っているが、人手不足で働くスタッフが足りない。

今夜もウィスキーを舐めながら（夕食にはワインを飲み、寝る前にはウィスキーのソーダ割りを飲むのが最近の私の習慣だ）人材募集の方策を考えることにするか。

田舎の問題　２０２３・７・31

日本酒を造るには水が必要だ。

ビールもウィスキーも水が重要な原料の一部だから、水がなければ造ることができない。その点、ワインはブドウを潰した果汁がそのままワインになるので、水を加える必要はない。地下の奥深くに水がありさえすれば、「植物の井戸」のように、ブドウの樹がそれを吸い上げてくれるからだ。

我が家を建てるときには、１１０メートルの深井戸を掘った。そのくらい掘らなければ水が出ない土地なのである。村の中には浅い地層から水が湧き出るような場所もないではないが、それは雨水が表層を流れる道があるだけで、生活用水になるほどの量はない。

東御市は昔から、標高の高い地域に掘った数本の深井戸から水道の水を汲み上げてきた。しかし水道の水は下のほうにある市街地を潤すもので、井戸のある山間部には水道が引かれていない。

個人で水道を引くには膨大な金額が必要になる。

電気は電気会社がどこまでも電信柱を建てて無料で届けてくれるが、水道は自費で引かなければならないので、本管からの距離が遠い山間部ではほぼ不可能に近い。私もそれで井戸を掘ったのだった。

市はその後、山の上にダムを造った。

治水だけでなく水道や農業用水にも利用する多目的ダムという触れ込みだったが、いまのところ利用されていない。ダムでいったん空気に触れた水を水道水にするには精密な濾過装置が必要なので、空気に触れない深井戸の水を使うほうが安上がりらしい。

山の上のほうには、素晴らしい眺めの土地がたくさんある。水さえあれば、素敵なリゾート施設があちこちにできるだろう。いまは住民でさえ簡易水道しか使えないような状況だから、現地を視察に来た企業も諦めて退散する。

最近、眺めのよい土地に小さな宿泊施設をつくりたいと何人かが相談に来た。数人で一棟貸しするような規模のコテージを、ワイナリーの近くに建てたいという。

私はそのたびに地域の水道事情や農地の転用の難しさについて説明する。眺めのよい場所はたいがいが農地で、そこに施設を建てるには農地を宅地に転用しなければならないのだが、その条件や手続きがなかなか難しい。耕作放棄された荒れた土地にさえ農地保全の補助金が国から出ているので、以前よりかえって転用が難しくなっている。

東京に住む友人の中には、ワイナリーの傍に別荘を建てたいのだが、どこか適当な土地はないか、という相談もある。

ブドウ畑の真ん中に建てられたら最高なんだけど……などと気楽なことを言う者もいるので、農地の問題や給排水の問題など（下水も自分で浄化槽をつくらなければ排水できない）、田舎で家をつくるのがいかに大変かを説明するとみんなびっくりする。

村の中でもよければ空き家がたくさんある（集落の中には水道が来ていて、集落排水という下水道もある）が、実際に使える空き家はほとんどない。

このあたりでは、親が死ぬと息子は実家の隣に新しい家を建て、古い家は先祖からのガラクタを詰めて閉めてしまう。片付けをするのも大変だし、取り壊すには多額の費用がかかる。

それでも息子が村に住んでくれればよいが、多くは遠くで独立してしまい村には戻ってこないから、親の家はそのまま空き家になって朽ち果てていく。

都会から移り住みたい人は多いのに、空き家があっても使うことができない。

眺めのよい自然の中に建物を建てたい人は多いのに、土地を利用することも難しい。

全国にはそんな場所がいっぱいあるはずだ。

私たちも、死んだ後の自宅をどうするか、真剣に考えなければならない。

日本はどうなるんでしょうね

2023・8・7

最近、友人や知人やカフェの来客と話をしているとき、会話の途中で、前の話とは何の脈絡もなく、突然、

「日本はどうなるんでしょうね」

と聞かれることがある。

私にそんなことを聞かれても困るのだが、2カ月で3回もそういうことがあると、みんな本当に日本の行く末を心配しているのだということがよく分かる。

日本の経済が低迷して、ますます貧しくなっていくこと。

アメリカの言うなりに兵器を買って、さらには日本から武器を輸出までして、どんどん戦争に向かってのめり込んでいこうとしていること。

ろくに国会も開かず、議論もナシに政府が勝手に政策を進めて、反対の声が届かないこと。

旧態依然の家族観や国家観が以前にも増して堂々と語られ、多様性を揶揄したり外国人を排斥したりする言論が勢いづいていること。

テレビも新聞もメディアは権力にひれ伏して忖度するばかりで、真実を伝える気概と経営基盤を失っていること。

働く時間を減らして給料を上げろという合唱の中で、政府の目論見通りに中小企業が潰れて大企業が優遇され、貧富の格差がますます広がっていくこと。

ネットの中では匿名の歪んだ言論が跋扈し、若者は希望を失って引きこもり、年金にも福祉にも頼れない未来は不安ばかりで、短絡的で殺伐とした事件が頻発する世相は先が見えないこと。

際限のない借金財政とゴミの捨て場もない原発再推進、このままで行くと日本はパンクするのではないかという心配。

熱波と豪雨に翻弄され、確実に迫りくる大地震を前にして、生活の設計さえ保証されない毎日の暮らし……。

「日本はどうなるんでしょうね」

そう聞く人が、具体的に何を心配しているかについては、議論をはじめると面倒なことになる。とくに政治的な問題に関しては、私がいま挙げたような理由とまったく反対のことを心配している人もいるはずだ。

だから私は、

「日本はどうなるんでしょうね」

と聞かれると、すぐに相槌を打つことにしている。

「そうですね。本当に、日本はどうなるんでしょうね」

私がそう返すと、誰もが押し黙ってしまう。これから日本がどうなるかなんて、誰も答えを持ち合わせていないからだ。

そう相槌を打って話を逸らせ、他愛ない話題の会話をしばらく楽しんでから、ひとりになったとき、また考える。

これから日本がどうなるかなんて、ひょっとしたら日本を率いる政府も政治家も官僚も経済人も、誰ひとり分かっていないんじゃないだろうか。先の見通しもないままに、ただこれまでの惰性で同じことをやり、未来に責任を持とうとしない……。

もし、そうだったら本当に、

「日本はどうなるんでしょうね」

コロナ盆　2023・8・14

東京で用事があり、1泊して帰って来たら、しばらくして喉に違和感を覚えた。

翌日、違和感は軽い痛みに変わったが、東京のホテルの冷房がきつかったせいだろう、くらいにしか考えていなかった。

3日目は雑誌の料理撮影があって朝から一日台所にいたが、喉の痛みとともに、夕方には立っているのが辛いほどの疲労感に襲われた。寝る前に体温を計ったら、37・1℃に上がっている。体温が37℃を超えるのは5年ぶりだ。

翌日、まさかとは思ったが、午後から人と会う予定が入っていたので、念のため抗原検査をやってみた。コロナ禍の頃から、スタッフの体調に異変があったらすぐ検査ができるよう、キットはたくさん買い溜めてある。

結果は……まさかどころか、ドンピシャの2本線。疑いの余地ない陽性だった。

そのときから、私の隔離生活がはじまった。いつも寝ているベッドは書斎にあるので、書斎のドアを閉めればロックは完成する。書斎のドアと妻の寝室のドアは数メートル離れているから、その間の廊下だけがグレーゾーンで、グレーゾーンをたどっていくと、妻が使う寝室内のトイレとは別のトイレに行くことができる。まあ理想的なコロナ環境と言えるだろう。

体温は午後からじわじわ上がり、夜8時には38・0℃を記録。喉はますます痛く、ときどき咳も出るようになった。

東京から帰った後つねに食事をともにしてきた妻と妹は陰性だった。前日までに接触したスタッフは全員抗原検査をやったが陰性。雑誌の撮影班にも連絡したが、幸い発症したという報告は来ていない。なんとか拡散は防げたようだが、私のせいで多くの人のスケジュールが滅茶苦茶になったことを考えると、やっぱりコロナは肩身が狭い。

それでもちょうどお盆休みに差しかかる時期なので、仕事の予定や大事なアポは入っていない。休みを利用してヴィラデストに遊びに来る旧友たちと面会できないのは寂しいが……。

いつごろ症状が収まるのか、見当がつかないのも困る。いまでも発症から5日間は謹慎することになっているらしいが、3日でケロッと治ったという人もいれば、治ったと思った直後に味覚障害が出た、という人もいる。おそらく4日か5日で元に戻るはずだと自分に言い聞かせながら、書斎にこもって3日が経っても、熱は下がったかと思うとまた上がり、喉の痛みは薬をのんでも変化がない。

発症から4日目に入るとピークを過ぎた感があり、熱も36・8℃で安定した。喉の痛みも少しずつ軽減している。それでも36・8℃にしてはいつまでも熱っぽいフラフラ感があり、少し動くと動悸が早まる。しかたなくまたベッドに横になり、なるほど、これがコロナという奴なのか、と納得する。

ベッドに横たわりながら、どこでコロナを拾ってきたのか、と考える。

心当たりは、東京で1泊した翌日、帰る前に上野でマチス展を観に行ったときだ。

上野公園の、東京都美術館。マチス展は今月で終わるので混むだろうとは思ったが、事前に入場時間帯を指定する予約制なので、館内の人数はある程度限られるだろうと思っていた。ところが行ってみると、入口から予約者の長い行列が延びていて、中に入るとどの部屋も満員だった。

絵の前は人だかりで、しかもその人たちの多くがスマホをかざして絵の写真を撮っている。撮影禁止の区画はごく一部で、大半は撮影がOKになっているのだ。それにしても、美術館に行って絵を見ながら、その絵を写真に撮ろうとするのはどうしてだろう。さすがに自分の顔を入れて自撮りしている人はいないようだが、やっぱり行った証拠としてSNSにでも上げるのだろうか。

大きな絵の場合はふつうなら群衆の頭越しに画面の一部が見えるのだが、スマホを持った手が何本も上に伸びていてそれさえも邪魔している。

いま思い出すと、あの群衆は誰もマスクをしていなかった。私も、もうコロナは終わった気分になっていて、マスクは鞄に入っていたが、その鞄は入館前にロッカーに預けてしまった。やっぱり、人込みの中に入るときはマスクをしておくべきだったか……。

平熱に戻ったのは、発症後1週間経ってからだった。

妻は私より2日後に発症し、私より高熱に悩んだ後、私とほぼ同時に回復した。

結局ふたりして今年のお盆はコロナ休みになってしまった。

長い夏　2023・8・21

世間が新型コロナウイルスで持ち切りの頃は、外出は控えていたが家ではふつうに暮らしており、毎日ブドウ畑を散歩していたので運動不足にもならなかった。が、自分がコロナにかかってみたら、道や畑を歩いているときに人と会ったらまずい、と思うと、外にも出られなくなった。

幸い犬も歳をとってあまり歩かなくなり、家のまわりで用を足すとすぐに帰りたがるので散歩は人のいない時間に素早く済ませることができたが、私たちも弱っていたので家の前の庭を歩くだけで疲れてしまい、それ以外は家の中にこもって、たいがいはベッドの上で過ごしていた。

体温が平熱に下がっても、なかなかフワフワした熱っぽい感じが抜けなかった。ふつうは3日か4日で陰性になるようで、かかりつけの医師によればいまは発熱から5日経ったら誰と会ってもよいことになっているそうだが、私たちはウイルスが抜けるまで1週間もかかり、抜けてからもしばらくは風邪が快癒したような実感が持てなかったので、結局2週間は人と会うことを避けていた。

その間に世間の夏休みは終わり、秋がはじまろうという季節になったが、暑さはいっこうに衰えることがない。

それにしてもこの暑さはなんだろう。

標高850メートルの里山に引っ越してきて以来、地球温暖化が毎年着実に進行していることは実感してきたが、最近はさらにそのスピードが増している。そのうちに、日本でも山火事が頻発するようになるのだろうか。

出版

2023・8・28

今年の春から夏にかけて、いつもなら次々と咲く花を追いながら絵を描いている時期に、私は本を書く仕事に夢中になっていた。

前半は『玉村豊男のポテトブック』。ジャガイモに関する歴史や逸話、世界のジャガイモ料理の起源やレシピについてこまかく調べた本。原稿を書いている時間より、本や資料を調べる作業に費やす時間のほうが多かった。

後半は『玉村豊男のフランス式一汁三菜』。シリーズとしては既刊の『毎日が最後の晩餐』2冊に続く3冊目だが、タイトルも内容も一新して、こんどの本は料理写真を大きく使ったレシピ本だ。

出版社に勝手を言って、自分のつくった料理を自分で撮影し、ブックデザインも希望通りにさせてもらった。もし売れたら2冊目を書きたいと思ってそのためのレシピも考えているが、売れなければこの本が最後になる。

それにしても、この歳で1年に2冊も本を出せるとは望外の幸せである。昔と違っていまは高齢の筆者が健筆を振るう例が増えているが、まさか私がそのひとりになれるとは考えていなかった。もちろんベストセラーになる可能性はないが、版元から執筆依頼があるだけで、まだ忘れられていないのだと思えてありがたい。

有名な作家でも、本を出さなくなると名前が忘れられる。とくに最近はそのサイクルが早くなった。何年かその名前を聞かないでいると、あ、あの人はもう死んでいるのでは、と疑われる。

玉村豊男って最近名前を聞かないね。どうしているんだろう。もう死んだんじゃない?

基本的に、ベストセラー作家でない限り、本の印税だけでは生活が成り立たない。が、駆け出しの頃は、自分の名前で出版社が出してくれる本は「私もプロの物書きですよ」という名刺の代わりになる。それが歳をとると、「私はまだ生きてますよ」という知らせになるわけだ。2冊とも書名に自分の名前を冠しているのは、そのための仕掛けでもある。

ズッキーニ

２０２３・９・４

9月になっても暑さは続いているが、それでも朝晩だけは少しずつ涼しくなってきた。家庭菜園のズッキーニも元気を回復した。

ズッキーニは6月から収穫がはじまり、真夏の8月は少し収量が落ちるが、9月になって暑さが和らぐと回復してまたしばらく収穫ができる。

いまでは長野県がズッキーニの生産量で日本一になっているが、私たちが里山の上に引っ越してきて農業をはじめた頃は、地元の農協でも名前を知る人がいなかった。農協に持って行くと、これはハヤトウリかと訊かれ、箱がないから出荷できないと言われたものだ。

私たちはフランスから輸入した種から育てていたが、最初からよくできたので、ズッキーニは簡単にできる野菜だと思っていた。

だから去年からそう思って家庭菜園に植えたのだが、6月になると実は付くものの、多くは小さいうちに頭から腐ってしまった。

去年は6月が異常な暑さだったからそのせいだろう、と思って諦めたが、今年もやっぱりうまく行かない。

悔しいのでネットで調べてみたら、ズッキーニは人工授粉をしてやらないと育たない、と書いてある。雄花が咲いたとき、その花粉を採って小さな実の頭に付いている雌花の雌しべに付けてやる作業が人工授粉である。

昔はそんなこと一度もやったことがなかった。やらなくても健全な果実がたくさん収穫できた。ワイナリーを建ててからは野菜畑を少しずつブドウ畑に替えてきたので、私たち夫婦がズッキーニを栽培していたのはもう10年以上も前のことだが、その頃とは暑さのレベルが違ってきたからだろうか。

今年は暑過ぎて、蚊がまったく飛んでいない。

30年前は寒過ぎて蚊がいなかった標高850メートルの里山に、あっという間に蚊が増えて夏の夜は外で涼めなくなっていたのに、去年くらいから確実にその数が減っている。

蚊だけでなくミツバチなどの数もおしなべて減ってきたので、受粉を昆虫にまかせておくことができなくなったのかもしれない。まわりの農家に聞くと、みんな人工授粉をやっているという。私たちはブランクが長過ぎて、最新の状況に追いつけなかったようだ。

毎朝、咲いている雄花を見つけて人工授粉をするようになってから、昔のような見事なズッキーニが収穫できるようになった。

我が家ではズッキーニを1センチ厚の輪切りにして、ガスの火にかけた網で焼くのが定番の料理法。両面に焦げ目がついたらボウルに取り、たっぷりのオリーブオイルと少量の醤油をかけて揺すりながら混ぜ合わせる。家庭菜園で採りたてのズッキーニをこうして食べると、なんて美味しい野菜だろうと感動する。

料理写真

２０２３・９・11

このブログは毎週月曜日に投稿する。

ふつうは月曜日の朝に書き、昼までに投稿するのを原則としているが、月曜の朝から出かけてしまうようなときは、日曜の晩までに書いて、午前零時を過ぎるのを待って投稿する。表示される日付がきっちり月曜日になるようにしたいからだ。

きょうは、月曜の午後になってから書きはじめた。

午前中は、『玉村豊男のフランス式一汁三菜』の校正刷りに直しを入れる仕事で時間を取られた。昼めしを食べ昼寝をしてからコラム日記に取りかかる。

コラム日記は、誰が読まなくても自分で書くと決めてスタートしてから3年目、まだ1回も休んでいないし、月曜日に投稿するという自分のルールも崩していない。きょうも夕方前には投稿できるだろう。

「最近は日記を書いていないんですね」

カフェに来たお客さんからそう言われた。ブログで書いています、と答えると、

「私は紙の本しか読まないから」

という返事。お年寄りだからそうかもしれない。私もスマホでスマートニュースの記事は読むが、本は画面では読む気にならない。アマゾンで本を買おうとすると電子書籍のほうが安いが、高くてもやっぱり紙の本を選択する。

だから今年は2冊も紙の本が出ることになってうれしいのだが、こんどのレシピブックは料理写真を全部自分で撮るという初めての試みで、スマホで撮った写真が本に印刷されるとどうなるか、ゲラが上がってくるまで心配だった。

つくる料理を決めるときから盛りつけと写真の構図を考え、使う皿や小物や背景に置くものなどを選んで、自然光がきれいに入る時間に合わせて場所を選び、スタイリングを済ませてから料理に取りかかる。

前の本では何回か、料理の過程写真を撮って載せたことがあるが、右手で鍋をかき混ぜながら左手でシャッターを切るのは難しい。遠隔操作ができるシャッターのグリップや連動するストロボなど、スマホ撮影用の小道具も揃えたものの、実際にやってみると大変だったので今回は諦めた。

だから料理の完成写真だけ、1ページに1枚、大きく裁ち落としで載せることにした。このスタイルは外国の料理書によくあるので真似をしたのだが、できあがってみると、危惧した通り、やっぱり写真のクオリティーが絶望的に低い。

私はこれまでレシピブックを5冊出しているが、もちろん写真はすべてプロのカメラマンによるものだ。『毎日が最後の晩餐』シリーズでは一部に自分が撮った写真を（過程写真を含めて）小さく使わせてもらったが、こんなにデカイ素人の写真が並んだ本は珍しいだろう。

でも、少しずつ自分の写真を本に使って、とうとう全部を自分の写真にしたのは、やむを得ない事情があるからだ。

カメラマンによる料理の撮影の場合、東京から来たチームが我が家に到着するのが昼少し前。買ってきた弁当を食べながら簡単な打ち合わせをして、昼過ぎから撮影開始。カメラマンとスタイリストが撮影する場所を決めて、皿や小物を用意してセッティングする間に料理をつくり、できました、といって手渡す。

私は次の料理の準備をしながら合間を見て撮影の場所（隣の部屋とか）に行き、どんな構図なのかを確認して、ときには皿の縁を拭いたり最後のソースをかけたりしてから、カメラマンがシャッターを押すのを見て、あわてててまた台所に戻って料理を続ける。

昼過ぎから午後5時まで、フルに働いても撮影できるのはせいぜい3、4品くらい。それから撮影で残った料理をアレンジして簡単な夕食を用意し、みんなでワインを飲みながら食べてから解散する。

翌日は、朝9時から撮影。昼休みを挟んで午後5時まで、頑張って6、7品。

つまり、カメラマンによる撮影だと、1泊2日で最大10品しか撮影できないのだ。今回の本には30品あまり載せるから、1冊の本をつくるには、1泊2日を3回繰り返さなければならない。出張費節約のご時世、カメラマンのギャラを節約するためにも、素人写真でいくしかないのである。

それに、体力的な事情もある。

1日に6品も7品も、立て続けに料理をつくることができなくなった。

毎日台所に立っているとはいえ、夕飯の仕度は1時間程度で済むからいいが、2時間も立っていたら疲れてしまう。とても昔のような撮影のスケジュールは無理なのだ。

だから、1日1品から2品、多いときでも最大3品（午前1品・午後2品）、長期間にわたって少しずつ撮り溜めることができる、自家撮影方式以外に方法はない。

……とは言いながら、自分でスタイリングをして自分で写真を撮るのは、大変だけど、実に面白い。懲りずに次はもう少しクオリティーの高い写真を撮ろうと、まだ注文もないのに新しいレシピ本の企画を立てている。

プライドが高い　２０２３・９・18

プライドが高い。

自分からそう言う人がいる。

「ぼくはプライドが高いので……」

だいぶ昔の話になるが、厨房に就職を希望する青年が、面接のときにそう言った。

「……シェフは暴力を振るいますか？」

自分はプライドが高いので、そういうシェフの下では働きたくない。そんなことをされてまで働き続けるのは嫌だから、あらかじめ知っておきたい、と。いくつかの店で働いた経験があり、プライドを傷つけられて辞めたことがあるのだろう。

たしかに、昔はそういうシェフがいた。というより、レストランの厨房は殺気だっているので、仕事中にモタモタしている助手がいたら横からシェフの足が飛んでくるのは当たり前だった。手は料理に忙しくて出せないので、足で蹴飛ばす。

距離が離れていて足が届かないときは、罵声を浴びせる。昔は厨房から怒鳴り声が聞こえてくるレストランは珍しくなかった。外国には、怒り狂って助手をオーブンの中に押し込めた、という乱暴なシェフもいるくらいだ。

うちのシェフは、温厚な性格なので、忙しくてパニックになるとひとりで叫ぶことはあるようだが、決して助手に怒鳴ったり手を上げたりすることはない。サッカーが好きだからボールは蹴るが、人は蹴らない。

結局、その青年は2日で辞めていった。シェフ以外の誰かに、彼のプライドを傷つける言動があったのだろうか。

プライドが高い、というのはどういう意味だろう。

最近の若者はおしなべてプライドが高いといわれるが、自分を承認してもらいたい欲求が強いために、認められないとフラストレーションが溜まるのだろうか。まだ何事も成し遂げていない若者を、端から承認しろと言われても困るのだが。

プライドが高いというのは、単に自信がないということではないのか。自信がないから、虚勢を張る。自分をいっぱいに膨らませているから、針に触れただけでパンクする。

ハードボイルドという言葉がある。

感情に流されない、冷酷非情、精神的も肉体的にも強靭である……というニュアンスだが、私はこの言葉にも疑問を持っている。

ハードボイルドは固茹で卵。白身までがっちり固まっている。しかし、本当に強い人というのは、外面は柔らかくても芯が硬い、温泉卵のような人を言うのではないか。

自分はプライドが高い、という人は、外側に壁を巡らそうとしている。そんなものは、破られたらひとたまりもない。一気に中まで壊されてしまうだろう。

プライドはどうであれ、どんな攻撃を受けても柔らかくいなし、攻め込まれても慌てず、いかなる状況に陥っても自分という最後の砦だけは守り切る、そんな強い人に私はなりたい。

桑の葉

2023・9・25

今年も桑の葉を採る季節がやって来た。

ブドウ畑の土手に、大きな桑の樹が1本生えている。

その樹の長い枝を、ほぼ全部、葉のついたまま元に近いところから切り落とす。桑の枝は柔らかいので、太枝切り用の柄のついた鋏があれば、老人の力でも難なく切れる。

土手の上に立って手の届く範囲の枝を切り、切った枝を土手の下へ放り投げる。1時間もしないうちに、土手の斜面から下の道路まで、山のように桑の葉枝が積み重なった。

それらを軽トラの荷台に載せて温室に運ぶと、こんどは枝から葉を一枚一枚、手でむしり取って温室の作業台の上に載せる仕事が待っている。

枝を切るのは私の仕事。葉枝を集めて軽トラに載せる作業はスタッフにも手伝ってもらったが、枝から全部の葉を取って作業台の上に広げるのは妻とその妹の仕事である。そうして広げた葉を乾燥させ、完全に乾いたら大きな網の袋に入れて保管する。冬の間の、ヤギ子のエサにするためである。

ヤギ子と名付けた白いヤギは、春から秋にかけて畑の畔や土手に生える雑草を食べるのが与えられたミッションである。が、秋の終わりから新緑の季節までは、草が枯れてしまうので食べるものがない。

ヤギの冬越しのためのエサとしては、干したイネ科の牧草などが売られている。が、最初のうちは食べていたが、そのうちに飽きてしまい食べなくなった。そのため数年前から、秋になると桑の葉やクリの葉など彼女が好む樹の葉を集めて乾燥させ、エサの時間に少しずつ与えるようになった。

もう少し寒くなると、近所の知り合いの農家が、大根の葉、余ったキャベツや白菜、花豆の豆殻など、やはりヤギ子が大好きな食べ物を届けてくれる。うちがヤギを飼っていることを知ってから、みんなが心配してくれるのだ。

桑の葉の乾燥が終わると、大根の葉を干す作業がはじまる。

大根は葉だけでなく、本体の白いところも薄く切って網の上に並べて干す。温室だけでは収まりきらないので、自宅のあらゆる部屋がエサ干し場になる。

そのうちに、キャベツや白菜も到来する。

このあたりでは冬は地面が凍結するので、キャベツや白菜は本格的に寒くなる前に一気に収穫して、土に掘った室や農具小屋の隅に場所をつくって保存する。

そのときに余ったものを、ヤギ子に、と言ってくれるのだが、私たちは外側の葉を何枚か剝いでヤギ子用に乾燥させ、中心部の白いところは台所の外に積んで布をかけて保存して、冬の間の自分たちの食料にする。オリーブオイルをかけてオーブンでローストしても、牛乳と生クリームでグラタンにしても、ヤギ子からもらったエサは素晴らしく美味しい。

なんのことはない、ヤギ子のエサを用意するといって私たちも恩恵を受けているわけだが、家じゅうがヤギ子のエサで溢れる季節が来ると、今年も一年無事に過ごせたのだという感慨が湧いてくる。

収穫の日　２０２３・10・２

小林さんの畑の収穫がはじまった。

シャルドネの収穫は先週のうちに終わったので、きょうはメルローの収穫だ。

小林さんのブドウ畑は、クルマでヴィラデストに来るときに、坂道を上り切って最後に右折するところの角にある。いつも雑草がきれいに刈り取られ、枝葉の手入れも完璧なので、ヴィラデストのブドウ畑はきれいですね、とうちのお客さんから褒められるのだが、実を言うとうちの畑は人手不足で管理が不十分。あれは篤農家の小林さんが丹精込めて育てている畑なので、かける時間と手間が違うのだ。

朝早くようすを見に行くと、小林さんがひとりで作業をしている。手伝いの人たちはまだ到着していないようだ。

「よく実がついていますね」

「いや、去年の8割くらいかな。シャルドネは去年の半分以下だったから、それにくらべればいいほうだけど」

シャルドネは晩霜にやられたらしい。霜が降りる場所は局地的で、しかも枝から新芽が吹くどの段階で霜に当たるかで被害の程度も違ってくる。今年はもう少し標高の低いところにある農園でもクルミとプルーンが全滅した。

見る限りブドウの色づきはよく、実も締まっているから、美味しいワインができるだろう。もともと冷涼な土地なので、暑い夏は赤ワイン用のブドウにとっては好都合だ。

今年は収穫の時期が早い。温暖化で、年々収穫の時期は早まっている。

ワイナリーをはじめた20年くらい前は、メルローの収穫はだいたい10月中旬。遅い年は月末までずれ込んだ。ブドウの糖度が思うように上がらなかったからだ。単純に気温が高くなる、という意味で言えば、標高の高い土地のブドウ栽培にとって温暖化は有利に働いてきた。が、今年のように暑い夏がこれからも続くと仮定すると、こんどは白ワイン用のブドウが心配になってくる。

シャルドネやピノ・グリ、ソーヴィニョンブランなど白ワイン用の品種は、赤ワイン用の品種ほど太陽の量（積算温度）を必要としない。だから冷涼な気候でよく育ち、標高の高い地域では収穫を遅くまで待って（熟度を上げて）も、酸が落ちない。

ふつうの果物は酸が落ちて（酸っぱくなくなって）から収穫するが、ワインにするブドウは酸が残っていないとボケた味のワインができてしまう。ヴィラデストのシャルドネは切れ味のよい酸が特徴として評価されているので、あまり早く酸が落ちてもらっては困るのだ。

しかし、温暖化の影響という点では、日本はまだよいほうである。

ヨーロッパでもアメリカでも、温暖化でブドウの糖度が極端に上がり、ワインのアルコール度数が高くなり過ぎて困っている。もともとワインのアルコール度数は12パーセント前後というのが常識だったが、いまでは白ワインでも14パーセントに達し、赤ワインだと15パーセントを超えることも珍しくなくなった。

15パーセント以上になると、アルコールが強過ぎて酵母が活動できなくなり、発酵が途中で止まってしまう。だからフランスのワインメーカーからは、発酵途中で加水することを認めてほしい、という要望が出ているそうだ。ワインはブドウの果汁だけから造るもので、水を加えて薄めるなんて言語道断。フランスの法律でもそう定められているのだが……。

幸い、ここ数日、急速に朝晩の温度が下がってきた。

今年のワインの出来はどうなるだろうか。

畑仕舞い

2023・10・9

夏の暑さが和らいだと思ったら、唐突に冬の寒さがやってきた。

半袖のシャツを仕舞い、セーターを引っ張り出す。まだ部屋に置いてあった扇風機を物置に収めて、代わりにパネルヒーターを持ち出した。

家庭菜園も片付けなければならない。

キュウリはとっくに終わり、トマトも生った実が樹上で傷みはじめたので元から撤去した。

朝晩が涼しくなって息を吹き返したズッキーニは、人工授粉のせいもあって最近まで立派な実をつけていたが、きのう見つけた1本が最後になった。ナスはまだ実をつけていたが、硬くなってひびが入るようになってきた。そろそろ仕舞いどきである。

最後まで残っていたのはピーマン類だ。パプリカ、ガブリエル、万願寺。それにハラペーニョと唐辛子。きのう、まだ枝についていた実をすべて採り、枝を切って根を抜いた。

唐辛子は、真っ赤になるのを待って一気に収穫し、実は天日に干して保存し、葉はすぐに茹でてから佃煮にする計画だった。

葉唐辛子の佃煮は、子供の頃、母がよくつくっていた。おにぎりの中に入れたのも大好きだった。思い出して、今年は自分でつくってみようと思い、苗を植えたときから収穫の日のことを考えていた。

ところが、きのう収穫しようと思ってよく見たら、葉は半分くらい黄色くなっていて元気がない。急に来た寒さにやられたのか、あるいはもう少し早く収穫すべきところを私が見過ごしていたのか、これでは佃煮にする甲斐はなさそうだ。

初夏に苗を植え秋のなかばに収穫を終える家庭菜園は、半年ほどの命である。

トマトやキュウリやピーマンが毎日たくさん採れて処理に困るのは夏の一時期だけで、こうして役目を終えた畑の残骸を眺めると、時の経つ速さを思い知らされる。

きのう、10月8日は、私の78回目の誕生日だった。

たまたま日曜日だったので、ワイナリーのカフェでお祝いの食事会をしてもらった。

いつもは内輪だけで、特別それらしいこともせずに過ごす誕生日だが、大勢で集まって賑やかに過ごすのも愉快なものだ。

10月8日が日曜日に当たるのは、前回が2017年、次回が2028年。前回はなにもやらなかったが、5年後の次回はまた食事会ができるだろうか。

ニュース　2023・10・16

ニュースを見るのが辛くてテレビをつけなくなった。

たまにつけていても、ニュースの時間になると消す。ここ数日、イスラエルのガザ地区への侵攻がトップニュースだからだ。

イスラエルのユダヤ人にとって、ハマスによる急襲は予想もしていなかったテロ事件だろう。オサマ・ビン・ラディンの9・11か、日本軍による真珠湾攻撃か。完膚なきまでに報復されることが分かっていながらの自爆テロ……。

テルアビブには行ったことがある。親しく付き合ったユダヤ人の実業家もいる。敬虔で、実直な、魅力的な紳士だった。

アラブ人には、もっとお世話になった。イスラム教徒は旅人に親切なことで知られており、北アフリカと中東では、ヒッチハイクをしていた若い頃、多くの人たちに一宿一飯の義理を負っている。

ロシアのウクライナ侵攻ばかりがニュースになっていた頃、どうしてもっとイスラエルによるパレスチナ攻撃を取り上げないのか、とよく思った。放浪していた青年の頃から、私はどちらかというとアラブ寄りの心情を抱いてきたので、アメリカ資本と結びついたイスラエルの強硬姿勢を憎んでいた……といっても、強者に対して弱者を応援する、判官びいきのようなものなのだが。

それにしても、それは国として、民族として、宗教として、という、大きな括りで見た場合だ。個人ひとりひとり、生身の人間として考えた場合は、まったく話が違う。

ハマスの急襲で愛する家族を失ったり奪われたりしたユダヤ人の慟哭を聞けば胸がかきむしられる。自分がその立場だったら……報復したい気持ちにもなるだろう。

一方で、ガザ地区ではもっと以前からもっとたくさんの人たちがイスラエルによる攻撃で死んでいる。もし自分がその立場だったら……。

中東の問題が、地中海からイランの間でまた爆発しそうな事態になっている。もちろんロシアとウクライナの問題はそのままだ。それぞれの国の、知っている人の顔が目に浮かぶ。市井の人たちが、穏やかに送っていたささやかな日常を、突如やってきた戦車やミサイルが破壊する……。

世界は確実に悪い方向に向かっている。もちろん日本も含めてだ。なにもできないからただ目と耳を塞ぐだけ。それでよいのか、とも思うが、やっぱりなにもできない。

盆栽

2023・10・23

朝起きると、外の郵便箱に新聞を取りに行く。新聞を取った後、柱に掛けてある温度計を見ると3℃だった。きのうは1℃だったから少し寒さは緩んだが、もはや本格的な冬の到来だ。

台所に戻り、新聞を読みながら朝食を摂る。もう何十年も前からの習慣である。ニュースはテレビでもネットでも見られるが、私たちの世代にとって、毎朝届けられる新聞がなくなったらどんなに寂しいことだろう。

新聞は、嫌なニュースなら見出しだけ見て飛ばすこともできるし、まったく関心のない分野の話題が偶然目に留まって、思わず読んで引き込まれることもある。

数日前だったか、信濃毎日新聞（長野県民はほとんどの人がこの新聞を読む）を開いていたら、盆栽に関する連載記事が目に入った。

私は毎日読んでいる新聞にそんな連載があったことさえ知らなかったが、たまたま読んだ記事のすぐ横にあった盆栽のカラー写真に引かれたのだ。素人目にも見事な枝ぶりの松で、樹齢450年だという。

ふつう、生け花でも盆栽でも、こちら側が表、反対側が裏、という、観賞するときの方向がある。ところが写真の名品には表も裏もない。どちら側から見ても非の打ち所がない、完璧な造形、と評されているそうだ。

しかし、この盆栽は最初からいまのようなかたちだったわけではない。450年の間に、何代か持ち主が変遷している。

書画骨董の類なら、掛け軸の表装や油絵の額を変えるくらいのことはするかもしれないが、本体に手を加えることはあり得ない。が、盆栽は生きている植物だから、手にかけて世話をしているうちに、おのずと少しずつ変化が加わる。と言うか、前の所有者から買い取った次の所有者は、かならず自分流に「改作」するのがふつうらしい。少しずつ、時間をかけて、前の人が仕上げた盆栽を、自分の好みのかたちに変えていく。写真の盆栽も、そうして改作を重ねた末に、名品に表裏なし、という言葉を生むほどの傑作になったのだそうだ。

盆栽は生き物だから、定まったかたちで継承されていく書画骨董とは違う。

言われてみればその通りだが、私はブドウ畑を思い浮かべて思わず頷いた。

私が46歳のときに植えたブドウの樹齢は、現在32歳。ワイン用のブドウの樹は50年から80年くらい生きるから、ブドウより先に私が死ぬことは確実である。

おそらく数年以内に、たとえ死ななかったとしても引退して、畑もワイナリーも、誰か次の人に任せることになるのは間違いない。

私が育ててきたヴィラデストの世界は、自分好みの盆栽のようなものである。

これを継承した次の人は、どんな「改作」を施すのだろうか。

思い切った改作によって「名品」に生まれ変わるなら、ぜひ見てみたいと思うが、おそらくそこまでの時間はないだろう。

フェイクニュース

2023・10・30

阪神対オリックスの日本シリーズをテレビで観戦した。

日本のプロ野球のテレビ中継を見なくなってひさしいが、今年は阪神が強いので興味があった。いわゆる阪神ファンというわけではないけれども、若い頃から（権力に反抗したいという気分から）アンチ巨人だったので、その対抗馬として阪神には強くあってほしいと願ってきた。

試合を観ながら思い出したのは、強烈な巨人ファンだったお婆さんのことである。

友人の母親だったので会う機会も多かったが、巨人が勝っているときは機嫌がよく、負けた日の翌日は傍目にも憔悴したようすだった。巨人なしでは夜も日も明けない、そんな筋金入りの巨人ファンが、昔は年齢に関係なくたくさんいたものだ。

彼女は、巨人戦の中継があればかならずテレビを見る。巨人が勝っていればご満悦、でも後半になって負けそうになると途中でテレビを消す。負ける瞬間を目にするのが嫌で、最後まで見ないのだ。

勝った日は、勝ったよろこびをかみしめるために、夜のニュースをはしごして見る。定時ニュース、スポーツニュース、プロ野球ニュース……巨人戦の結果を報じていそうな番組はすべて視聴する。同じ場面が繰り返されるのを、満足しながら何度も眺めるためだ。

そこまでは分かるが、彼女が凄いのは、巨人が負けた日も、すべてのニュースを眠る直前まで見続けることだ。実況中継で最後まで見届けなかった試合でも、結果は最初に見たニュースで分かる。負けたニュースを見るのは辛いはずだ。でも、次のニュース、他局のニュース、かって地上波で23時過ぎから午前零時をまたぐ時間まで放送されていたフジテレビのプロ野球ニュースまで、何度も結果を確認するのである。

負けた日まで、どうして何度もニュースを見るのか。そう訊いたときの、彼女の答えが衝撃的だった。

「だって、どこかで勝っているかもしれないから」

負けた日は何度見ても負け……なのは当然だが、ひょっとして、どこかで勝ったニュースをやっているかもしれない。その一縷の望みに賭けて、彼女はすべてのニュースを見続けていたのだった。

この話を聞いたのはもう何十年も前だが、いまでも、プロ野球に限らずサッカーでもバスケットでもその他のスポーツでも、そんな熱狂的な、というか妄信的な、推しのチームの負けを信じたくないファンがいるに違いない。

それなら、スポーツ専門のフェイクニュース・チャンネルをつくったらどうだろう。

外野フライに倒れたはずの選手の打球が、フェンスを越えてホームランになっている。ポストに当たって外れたはずのシュートが、ギリギリで枠内に入っていた……。

いまの技術なら画像の加工や編集はお手の物だ。

戦争の報道でフェイクニュースに慣れっこになった私たちは、いまはどちら側の情報も眉に唾を付けて見るようになった。

スポーツのフェイクニュースのほうが、まだ罪は浅い。

値上げ　２０２３・11・６

病院の検査やらワインのイベントやら、それに突然の葬式まで加わって、ここのところ東京に行く回数が増えた。

できるだけ日帰りで行くようにしているが、やむを得ず1泊する場合も少なくない。

東京で泊まるホテルは、いつも同じホテルに決めていた。いわゆるシティーホテルだが、月に数泊なら都心にワンルームマンションを借りるより安いので、東京から軽井沢に引っ越して以来今日まで約40年、東京で仕事があるときの拠点として利用してきた。

もちろん昔よく知っていたフロント係やドアマンはリタイヤし、経営者も何代か入れ替わったが、ホテルの佇まいは変わらず、私にとっては慣れた定宿となっていた。

今年も、春までは何回か泊まった。長年の常連なので値段にも多少のサービスがあったようだが、古いホテルなので通常料金も新しい外資系ホテルよりだいぶ安かった。

ところが、秋になって予約しようと思ったら、値段が倍以上に上がっていた。

あわてて、もっと安いホテルを検索しにかかったが、シティーホテルもビジネスホテルも軒並み大幅値上げで、少しでも安いところはどんどん予約が埋まっていく。

話には聞いていたが、東京の値上げラッシュは相当のものである。

ホテルばかりか、レストランの値段も爆上がりだ。

コロナ前は、人気のフレンチでも1万円か1万5千円でフルコースが食べられたものだが、いまは同じレベルの店が3万円以上。5万、6万というケースも珍しくない。ワインも含めれば1回の食事に平気で10万円以上使う人たちがゴロゴロいるのだろう。

以前は、ときには流行の料理もチェックしたいと思って年に1、2回は高い店にも行ったものだが、私の感覚では、3万円というのはもう食事の値段ではない。

すし屋にも行けなくなった。以前常連のように通っていた銀座のすし屋がミシュランに載った途端に3万円になり、それ以来足を向けてない。もう10年以上も前の話である。いまは3万なら安いほう、5万、6万が当たり前の世界になっている。

高いだけでなく、高級な店は予約が取れない。何カ月先の予約さえ個人で取るのは困難で、高級店を渡り歩くフーディー（美食家集団）に頼んで予約席を分けてもらうのだという。電話番号はもちろん店名も住所も不公表という隠れ家レストランも増えていて、ますます一般の人はアクセスできなくなっている。

30代の頃は料理評論やレストラン批評みたいな仕事をやっていた時期もあるので、その頃の有名レストランは一通り食べ歩いているが、最近は送られてくる専門雑誌で最新の料理やレストランの情報を見るだけだ。見て、なるほどこんな技法やスタイルが流行なのか、と知識を得るが、食べたいとは思わない。そんな世界とは、とっくに縁がなくなった。

たとえ招待されたとしても、お仕着せの料理が黙って7品も8品も出てくるようなフルコースは、もう食べられない。昔は大食で鳴らしたものだが、歳を取って食べる量が減ってしまった。それなら家で、慣れ親しんだ好きなものを食卓に並べて、食べ切れなかったら残して翌日の昼食にまわし、腹がいっぱいになったら横になる、そんな暮らしが気楽でいい。

これからは、東京に行く回数も減るだろう。1泊のホテル料金が国民年金の月額を超えるようでは、泊まるのも難しい。いよいよ田舎に蟄居して、終活に入るか……。

クマの歴史　2023・11・13

2014年の11月に発行された『SINRA』という雑誌で、『熊の歴史』という本を取り上げたことがある。

フランスの象徴博物史学の泰斗、ミシェル・パストゥローの学説を紹介したもので、古代には「百獣の王」として崇められていたクマが、キリスト教会による組織的な迫害と情報操作によってその地位を貶《おとし》められ、鈍重、愚鈍、肥満、淫乱……といったイメージを与えられたうえ、引き立てられて苛《いじ》められ、見世物にされ、サーカスの道化者となって笑いものにされ、そうしてしだいにその権威を剝がされていった歴史を膨大な資料によって実証している。

クマは、地上のいかなる野獣より強かった。

襲いかかるオオカミの群れも、その強大な筋力で一蹴した。古代ローマの闘技場では、アフリカから運ばれたライオンと闘ったこともあるが、一対一の対戦ではつねにクマが勝利を収めたという。

中世の騎士の世界では、出陣の前にクマの血を飲み、その皮を着ることによって力を借りるという儀式があった。

クマは決して逃げず、最後は組んで闘うので、クマの懐に入って止めを刺すクマ狩りは勇気ある王者の狩りとされていた。犬を見ただけで敵前逃亡する臆病なシカは軽んぜられ、シカの肉は王や皇帝の食卓にのぼることはなかった。

クマはギリシャ神話では森と狩猟の女神アルテミスの化身とされ、大型のヒグマが数多く棲息していたヨーロッパ北部では、すべての動物に君臨する森の王者として尊崇の対象となってきた。キリスト教が広まる以前は、ドイツから北欧に至る広範な地域で、樹木や動物など自然の営みを崇拝する信仰が根づいており、クマはその象徴となっていたのである。

が、まさにそのことが、クマがたどる不幸な歴史のはじまりだった。

地中海の畔で生まれたキリスト教は、聖書の物語を背景に古代ローマ帝国を築いて着々と版図を広げ、ヨーロッパ大陸の中央部からさらに北方へと勢力を拡大しようとしていた。

広大な森に覆われた土地では、万物の営みに神が宿ると考えるのは自然なことだが、一神教であるキリスト教にとって、人間と動物を峻別しない、多神教的なアニミズムは赦しがたい異教的な信仰に映ったのだった。

そこでキリスト教会は、異教を撲滅して布教を進めるために、その象徴であるクマを「百獣の王」の地位から引きずり落とし、その代わりにライオンを据える作戦を立てて実行した、というのがミシェル・パストゥローの説である。

8世紀、フランク王国のシャルルマーニュ大帝は大規模な森林の伐採とクマの虐殺を実行した。頻繁におこなわれたクマ狩りだけでなく、ヨーロッパでは中世から近世にかけて人口の増加とともに森林の伐採が進み、追い立てられたクマは山岳地帯へと逃げ込んだのである。クマは自然界には珍しい雑食性の動物だが、平地に森があった昔は肉食を好んだのに、山に追われた後は草食系にならざるを得なかった。

キリスト教会による周到な作戦は功を奏し、12世紀を転換点として、「百獣の王」の地位はライオンが取って代わり、クマ狩りではなくシカ狩りこそ高貴な狩猟であるという認識が定着した。

20世紀に入る頃には、ピレネーからもアルプスからもクマはいなくなり、ヨーロッパでは北東部の山岳地帯にわずかに残存するのみとなった。

そして現実の「怖いクマ」がいなくなったこの頃から、テディーベア、ぬいぐるみ……夢と幻想の「かわいいクマ」が生まれてくるのである。

今日、クマというと「かわいい」という感情が湧きおこり、猟友会がクマを「駆除」したというニュースを聞くと抗議の電話をしたくなる人が日本にもいるのは、中世以来のキリスト教会による「洗脳」の結果であるとも言える。

年齢くらべ　２０２３・11・20

年寄りは年寄りの歳が気になる。

とりわけ敏感なのは死亡ニュースだ。

谷村新司、もんたよしのり、大橋純子……いずれも70代の訃報だった。

自分の年齢に近い人が亡くなると、そろそろ自分にも死期が近づいているのかと不安になるが、それでも死んだ人が自分より若いと、自分はその峠を越えたのだ、と多少は安堵する気分になる。

テレビのニュースにはいろいろな老人が出てくる。

クマに襲われて怪我を負いながらも追い払った75歳。

町中華でいまも元気に鍋を振る80歳。

ブレーキとアクセルを踏み間違えて事故を起こした85歳。

……テレビの画面に顔が出て、年齢が表示されると、無意識のうちに自分と比較する。

私は78歳、妻は72歳、妻の妹は70歳。ともに暮らす3人はまだ日本人の平均年齢にも達していない「若い」老人だが、とりわけとくに「若い女性」の2人は、いかにも年寄り臭いお婆さんが登場して68歳と表示されたりすると、

「え？　この人、私より年下なの？」

と、自分が世間的には同じように見られる年寄りであることに嫌悪感を示すと同時に、それでも自分のほうが若く見えるであろうことに満足する。

男性の私も、健康上の理由で引退する老政治家の記者会見で、いかにも苦しそうにか細い声を絞り出すように語るのを見ながら、

「これで79か。それなら俺のほうが若々しいな」

と威張ったりする。

使用前と使用後の顔の写真があまりにも違う保湿クリームのコマーシャルにはすぐに突っ込みが入るし、90歳、100歳でも撥溂として元気な老人が出てくると、多少の羨ましさはあるものの、

「あと20年も生きるのは大変だから、どこかでポックリ逝きたいわ」

と妻は弱音を吐き、それを聞いた私は、

「俺はどんなに生きてもあと7、8年さ」

と先に逝くことを自慢する。

若い頃は、将来が分からないことが不安だった。

歳を取ったら、もう少し落ち着いて暮らせるかと思っていたが、若い頃よりもっと先が読めなくなってきた。

そんな競争をして何になるのだ、と思いながら、テレビの画面に年老いた有名人が出てくると、すぐにスマホをいじって年齢を調べる癖が抜けない。

石ころ

2023・11・27

世の中は、ちょっと目を離した隙に進化する。

遺灰が石ころになるなんて、つい最近まで知らなかった。

死んだら遺灰はブドウ畑に散骨するように。そう遺言するつもりだった。ワイナリーのテラスから見える、いちばん古いブドウ畑。苗木を植える前に石巻漁港から運んだカキ殻を撒いた土壌だが、そろそろ石灰分も減ってきたので自分の骨で補おう。そう考えていたのだが、最近はほかにもいろいろな方法があるようだ。

遺灰を高温で処理してダイヤモンドのようにする技術は知っていた。指輪やネックレスにすれば、残された人が身につけることができる。それもなかなか素敵だが、貴金属では使い道が限られる。自分の骨を、肌身離さず持っていろ、と強制するのも勝手というか、奢りというか、受け取る人の自由を制限するようで気が進まない。

その点、畑に散骨してしまえばあと腐れがない。と思ったのだが、ブドウ畑を見るたびにその土にあいつの遺灰が混じっている……と想像させてしまうのも、いつまでも縁が切れない深情けのようで、未練がましいのではないか。最近は、だんだんそう思うようになってきた。

そこへ、骨で石ころをつくる新技術の登場である。

テレビを見て知ったのだが、粉砕した遺骨を、まるで石のように加工するのが最近の流行だそうだ。一人分の遺骨が、ピンポン玉くらいの大きさの、つるつるした白い石のようなものになるという。

ほかにもピラミッド型にしたり、位牌のような形にしたり、赤や緑の色をつけたり、リクエストに応じていかようにも加工できるらしいが、私なら、完全な球でもなく、極端に平たくもなく、丸っこくて適当に凹凸がある、どこにでもあるようなごくふつうの石がよい。色は白っぽい灰色が目立たなくてベストだろう。

そうして加工した石は、バッグに入れて持ち歩いてもよいし、箪笥《たんす》の上に飾っておいてもよい、とテレビの番組では言っていたが、たしかに指輪やネックレスなどの貴金属より取り扱いの自由度が高い。

それに、石なら投げ捨てることもできる。

路傍の砂利の中に置いても、砂浜の石に混ぜても、そのうちにどこにあるか分からなくなるし、森の中に放り込んでしまえば山狩りでもしない限り見つからない。

私の自宅のまわりには、死体を放置しても分からないような森の中の土地がたくさんあるから、石ころにして投げてしまうのがいちばん簡単だが、さて、誰に投げてくれと頼むのか。妻なら思い切って投げてくれそうな気もするが……。

このほかにも、遺灰を花火とともに打ち上げる花火葬というのもあるらしい。いずれにせよできるだけあと腐れのない方法が望ましいが、そろそろ方法を決めて、遺言を書き直さなければならない。

モバイル道具　2023・12・4

年末が近いので大掃除をしようと思い、ふだん使っていない戸棚の引き出しを開けたら、昔お世話になったモバイル通信の道具がごそごそ出てきた。

私は2000年頃からパソコンで原稿を書くようになったが、メールで原稿を送るようになるとモバイル通信に熱中した。

自宅と東京を往復する新幹線の中で、人と待ち合わせをするホテルのロビーで、移動の途中に公園のベンチで、少しでもヒマを見つけるとパソコンを広げてメールをやりとりした。そんなにメールを送る仕事があるわけではなくても、どこからでもメッセージや原稿を送ることができるという、新しいスタイルが面白かったのだ。

最初はパソコンにデータカードを挿入して携帯電話に繋ぐやりかたで、これは両者を繋ぐコードがにょろにょろして邪魔だったが、ちょうどその頃、ドコモからデータスコープという、携帯電話のフリップがモデムになった、つまり携帯電話の蓋を開けるとその蓋がカードになっていて、それをパソコンのスロットに差し込めばすぐに通信ができる便利グッズが発売されたので、これは長いこと愛用した。新幹線ではスピードが上がると通信速度が遅くなり、スピードが緩むとメールが行きやすくなることも分かったので、上田・東京間のどこで原稿を送ればよいか考えながら執筆した。

海外モバイルはさらに面白かった。

その頃は世界のどのホテルでもWi-FiはもちろんＬＡＮケーブルもなく、部屋にモデュラージャックの差込口もなかった。だから部屋の電話機をひっくり返して電話線を抜き、そこにパソコンからのモデュラーケーブルを繋いで接続するのだ。もう昔のことだから詳細は忘れたが、ホテルによっては壁のコンセントを分解して無理やり繋いだこともあったのを覚えている。

しかも、器具が繋がってもかならずローミングが可能なわけではなく、接続しないメールを再試行するだけで法外な電話料金を請求されたり、ホテルに到着して通信を試みている間にお湯を出していた風呂が溢れて階下まで浸水したり……単にモバイルをしたいだけであちこちに迷惑をかける珍道中を、ヨーロッパでもアジアでも南太平洋でも、いたるところで繰り広げたものだった。

戸棚の引き出しには、その頃私と海外旅行をともにした、重い変圧器や何種類ものコンセント・プラグ、電圧や電流を確認するためのテスターなど、懐かしいモバイル用の道具が突っ込まれていた。国によって異なるプラグの形状は、いまでは全世界対応の変換プラグが1個あれば事足りるが、当時は国別にひとつひとつ用意する必要があった。さすがに国別のモデュラージャックは何年か前に捨てたが、プラグのほうはまだ残っていた。

もう、海外に仕事で出かけることも、頻繁に原稿を送ることもなくなった。Wi-Fiが普及したので特別なモバイル・ギアを持ち歩く必要もなくなり、だいいち最近はパソコンやカメラの機能の大半をスマホにまかせるようになっている。

若い頃はモバイルがカッコいいと思ったが、この歳で海外旅行に行くとしたら、通信手段は手書きの絵葉書だけ、というのが理想的だ。

いつかれさま

2023・12・11

年末になると会食が増える。

村の仲間や会社のスタッフとの飲み会や忘年会なら気が楽だが、今年は仕事がらみの会食で東京のレストランまで出かけていく機会が続けて2回もあった。2軒ともクラシックなフランス料理で知られる高級店で、私は「大昔」に行ったことがあるが、最近は……というのは30年か40年か、すっかり足が遠のいていた老舗である。

フランス料理のフルコースを、何品も食べるのは体力のいる仕事である。

若い頃は、3週間以上昼も夜もコース料理を食べ続けてフランスを一周する……という旅行も平気でこなしたもので、このとき私はまだ20代だった。添乗員として行った旅行なので、ほとんどのお客さんは旅の途中で食欲を失い、メインディッシュを私に食べてほしいと回してくるお年寄りも多かった。だから毎食、私は2、3人分の料理を食べて、それでも苦しいと思ったことは一度もなかった。

いまでは、私は年寄りのお客さんの立場である。

だから今回の2軒では、招待を受ける客の立場ではあったが、あらかじめ店の人にポーションを少なくしてもらうよう頼んでもらった。

そのおかげで、最初は少し不安だったが、どの皿も食べ残すことなく、本格フレンチを楽しみながら完食することができた。

家で自堕落に食べるのがいちばん、であることは間違いないが、たまには少しきれいな恰好をしてレストランに出かけ、人を見たり人に見られたりする環境の中で、食事と会話を楽しみながらも多少の緊張を保つことは、とくに老人にとって必要だ、とあらためて認識した。

ワイナリーのカフェでも、90歳を超えるお年寄りが背筋をシャンと伸ばして、穏やかな笑みを浮かべながら食事を楽しむ風景を見るたびに、いつまでもこんなふうに外食を楽しみたいものだと思う。

しかし、今回はさすがに食べ疲れた。会食を終えて夜遅く新幹線で帰宅しても、すぐに眠くならないのは、腹がパンパンでまだ胃が動いているからだ。それでもなんとか朝までには消化するが、翌日になっても、胃が疲れた……という感覚が抜けない。

テレビでやっているビールのコマーシャルで、

「おつかれナマ」

というのがある。とくに面白いとは思わないが、タレントが代わっても同じコピーを使い続けているのはスポンサーが気に入っているからだろう。

私は2軒のフレンチを食べ終えてホッとしたとき、

「いつかれさま」

というコピーを思いついた。

胃腸薬のコマーシャルに使えないだろうか。

ゾウの鼻の絵

２０２３・12・18

アトリエを掃除して、机まわりを整理した。

今年は本を書く仕事が忙しかったのであまり絵を描いていないが、年が明けたらしばらくは絵描きに戻ろうかと思い、新しい絵具をネットで注文したところだ。

この冬は、油彩かアクリル、あるいは両者を併用した絵を描いてみるつもりだ。もちろん春になれば、これまでのように水彩絵具で花の絵を描くこともあるだろうが、細かい線の一本一本まで息を詰めて描くような作業から解放されて、勢いよく筆を滑らす自由な絵も描いてみたい、と思うようになっている。

若い頃から修練を重ねているプロの画家は別として、素人で植物画を描いている人は、歳をとると線が乱れてくることが多い。手が震えて、精密な線が描けなくなるのだ。

私は、目は左右とも白内障の手術を済ませたので、至近距離でも、細かい文字でも、眼鏡をかけなくてもよく見える。

が、手はそのうちに震えるようになるだろう。

そのときに備えて、多少手が震えても関係ない、ラフな筆遣いの絵をいまのうちから練習しておこう、という算段だ。

だいぶ前のことになるが、タイで、ゾウが絵を描くショーを観たことがある。ゾウが鼻の先を丸めて大きな絵筆をつかみ、ゾウ使いが差し出すバケツの中に入った絵具に浸してから、立てかけてある板に貼った紙に色を塗るのだ。

何回か、筆と色を違えて、ゾウが大きなストロークを繰り返すと、紙の上にはカラフルな抽象画ができあがる。

そうやってできた絵をたしか千円くらいで売っていたので買いたかったが、先着順で近くにいた観客に先に買われてしまったので、しかたなく、横で売っていたゾウの糞からつくった紙を買って我慢した。

絵を描くときは律儀な性格が顔を出して、私は対象を正確になぞるような具象画しか描けない。自分の感覚で勝手に筆を動かすような抽象画は、描こうとしても描けないのだ。

まずは間違っても描き直しが利く油彩やアクリルからはじめて、手が震えても影響しない筆遣いを身につけ、最後はゾウが鼻で描いたような、自由闊達なアブストラクトの域に達したい

……というのが私の望みである。

物書き仕事は頭が働かなくなればおしまいだが、絵ならボケても描けるのではないか、と昔から勝手に思っていた。ボケたときの私の頭脳が、ゾウほどの知性を保っているかどうかはアヤシイものだが。

大晦日　2023・12・25

秋がなかったので急に年末になった気がするが、早くも今週の末が大晦日。

2008年11月からブログに連載した半年間の日記をまとめた『オジサンにも言わせろNPO』（東京書籍2009年）の中で、私はこう書いている。

イスラエルのパレスチナ・ガザ地区への空爆がやまない。

いま、この文章を書いているのは大晦日である。

テレビのニュースを見ると、世界の多くの国がクリスマス休暇に入る頃合いを見はからったようにはじまったガザ地区への攻撃は、ますます激しさを増しているようである。

そして、去年今年貫く棒の如きもの、という虚子の句を引いて、その棒が武器や憎しみでなくなる時代が来ることを祈るばかりである、と結んだのだが、年が明けた2009年1月13日の記述はこうなっている。

爆撃が、無差別どころか、女性・子供・弱者たちをピンポイントで狙うかのような非道い殺戮になっている現在、国連も、各国も、ハマスが先に撃ってきたからとか、まだ攻撃をやめないからとかいう理由は別にして、まずイスラエルの攻撃をやめさせなければならない。イスラエルによる今回の悪質な殺戮は、生き残った子供たちの中から数多くの新しいテロリストを生み出すと同時に、未来にわたって絶えない憎しみのさらなる温床となるだろう。

あれから15年。15歳の少年が30歳の青年になるまで、世界は1ミリも進んでいない。

それどころか、2022年はロシアによるウクライナ侵攻のニュースからはじまり、その戦闘が泥沼化して2023年になってもまだ続いているというのに、ユダヤとアラブの因縁の火種にまた火がついた。そのうえ日本は米国の尖兵として、中国に対峙するべく軍備を増強しようとしている……。

やれやれ、この分では死ぬまで平和はやってきそうにない。

と、嘆いてはみたものの、待てよ、死ぬまで、とは、あと何年のことか。

いつから歩けなくなるのか、いつから文章が書けなくなるのか、いつから食欲がなくなるのか、予測がつかないのが、2023年を終えた時点での私の悩みである。

2022年の出来事

1月 9日	新型コロナウイルスの感染急拡大でまん延防止等重点措置の適用はじまる
1月 15日	東京大学の門前で大学入学共通テストの受験生ら3人が切り付けられる
1月 22日	新型コロナ感染者数が東京都で1日1万人を、全国で5万人を超え過去最多に
1月 27日	まん延防止等重点措置の適用地域が34都道府県に拡大
2月 3日	新型コロナ感染者数全国で1日10万人超え、累計感染者数は300万人以上
2月 4日	冬季オリンピック北京大会開幕
2月 12日	将棋の藤井聡太竜王が渡辺明王将を破り19歳6カ月の最年少で5冠達成
2月 24日	プーチン大統領がドンバス地方などロシア軍を派遣、ウクライナ侵攻はじまる
3月 28日	濱口竜介監督映画『ドライブ・マイ・カー』がアカデミー国際長編映画賞受賞
3月 31日	ウクライナ首都の呼称をキエフからキーウに変更。ロシアによる侵攻続く
4月 1日	改正民法が施行され成人年齢が18歳に。女性の婚姻可能年齢も18歳に
4月 2日	キーウの近郊ブチャでロシア軍による住民虐殺が発覚
4月 8日	山口県阿武町で全住民税非課税世帯の臨時特別給付金を誤って1名に振り込み
4月 10日	プロ野球ロッテマリーンズ佐々木朗希投手が完全試合を達成
4月 23日	北海道で知床遊覧船が沈没、救助された14名は死亡、12人が安否不明
4月 23日	山梨県のキャンプ場で2019年に失踪した女児の骨と思われる一部を発見
6月 10日	外国人観光客の入国制限を緩和。およそ2年ぶりに受け入れ再開
6月 25日	群馬県伊勢崎市で気温40.2℃を記録。6月の40℃超えは観測史上初
7月 1日	群馬、埼玉、山梨、岐阜の6地点で過去最多の40℃超えを観測
7月 3日	東京都で統計史上初となる9日連続の猛暑日を記録
7月 8日	安倍晋三元総理が遊説中に銃撃され死亡。旧統一教会との関係が明るみに
8月 17日	東京オリンピック・パラリンピック組織委の汚職で複数の逮捕者
8月 26日	世界の新型コロナウイルス感染者数の累計が6億人を突破
9月 5日	静岡県の認定こども園で通園バスに取り残された園児が熱中症で死亡
9月 8日	英国女王エリザベス2世が逝去、チャールズ皇太子が新国王に
10月 21日	円相場が一時1ドル151円台に下落。約32年ぶりの円安水準を更新
10月 29日	韓国ソウル梨泰院で群衆事故発生。日本人女性2人を含む150名以上が死亡
11月 20日	サッカーFIFAワールドカップ開幕。日本代表はドイツとスペインを破る快挙
11月 30日	テキスト生成AIのチャットGPTが公開され、瞬く間に世界を席捲
12月 16日	岸田内閣が自衛隊の反撃能力保有を認め、防衛費を5年間で43兆円に増額

2023年の出来事

1月	14日	新型コロナウイルスによる死亡者数が1日当たり500人を超え過去最多
2月	6日	トルコ・シリアでM7.8の地震が発生、死者5万6000人以上
2月	7日	ルフィ広域強盗事件で日本人特殊詐欺グループの指示役とされる2人を逮捕
2月	13日	原子力規制委員会が原発の運転期間の40年限度規定を撤廃、60年超も可能に
3月	13日	コロナ対策のマスク着用、屋外屋内を問わず個人の判断に委ねることに
3月	21日	第5回ワールド・ベースボール・クラシックで日本代表が3度目の優勝
3月	31日	イタリアがチャットGPTの使用を一時停止。生成AIの規制論高まる
4月	8日	黒田東彦日銀総裁の任期満了、後任は経済学者の植田和男に
5月	8日	新型コロナウイルスの感染症法上の位置づけを2類から5類へ正式に移行
5月	18日	歌舞伎役者の市川猿之助が両親の自殺ほう助か。両親は死亡、本人は未遂
5月	19日	G7広島サミットで各国首脳が平和記念資料館を見学するも核所有は容認
5月	25日	長野県中野市で市議の息子が猟銃で警官を含む男女4人を殺し立てこもる
6月	2日	人口動態統計によると日本人の出生率・合計特殊出生率ともに過去最低
6月	14日	岐阜市の陸上自衛隊射撃場で自衛官候補生が上官ら3人に発砲し2人死亡
7月	2日	札幌市すすきののホテルで頭部のない遺体を発見、殺人と死体損壊の疑い
7月	24日	ツイッター買収のイーロン・マスクが「X」と改名し、鳥のロゴも廃止
8月	5日	日大アメフト部の寮を家宅捜索後、覚せい剤と大麻所持で部員を逮捕
8月	8日	ハワイ・マウイ島で大規模な山火事が発生、死者・不明者128人建物損壊多数
8月	22日	北海道釧路町で駆除したヒグマが乳牛32頭を殺害したOSO18と判明
8月	24日	福島第一原子力発電所から発生したALPS処理水の海洋放出を開始
8月	24日	中国政府は処理水の海洋放出を受けて日本からの水産物の輸入を停止
9月	6日	ジャニーズ事務所が記者会見。創立者ジャニー喜多川の性的虐待を認め謝罪
10月	3日	外国為替市場で円相場が一時1ドル150円台に
10月	7日	アフガニスタン西部ヘラートでM6.3の大地震、死者数2400人超
10月	7日	ハマスがイスラエルを奇襲し人質を拉致。ガザ地区への反撃空爆開始
10月	11日	藤井聡太竜王・名人が永瀬拓矢王座を破り王座を獲得、8冠独占を達成
11月	5日	プロ野球日本シリーズで阪神タイガースが38年ぶりの日本一に
11月	27日	大阪万博の公費負担さらに増加が判明し合計3000億円超えに
12月	1日	自民党各派閥にパーティー券収入不記載分を裏金化した疑惑が発覚
12月	9日	MLB大谷翔平が10年契約7億ドルでエンゼルスからドジャースへ移籍

イラスト　玉村豊男
デザイン　南　剛（中曽根デザイン）
校　正　藤田晋也
編　集　矢島美奈子（天夢人編集部）

玉村豊男のコラム日記 2022～2023

二〇二四年二月二一日　初版第一刷発行

著　者　玉村豊男
発行人　山手章弘
発　行　株式会社天夢人
〒一〇一－〇〇五一　東京都千代田区神田神保町一丁目一〇五番地
https://temjin-g.co.jp/
発　売　株式会社山と溪谷社
〒一〇一－〇〇五一　東京都千代田区神田神保町一丁目一〇五番地
印刷・製本　大日本印刷株式会社

⊙内容に関するお問合せ先
天夢人　info@temjin-g.co.jp　電話〇三－六八三七－四六八〇
⊙乱丁・落丁に関するお問合せ先
山と溪谷社カスタマーセンター　service@yamakei.co.jp
⊙書店・取次様からのご注文先
山と溪谷社受注センター　電話 〇四八－四五八－三四五五　FAX 〇四八－四二一－〇五一三
⊙書店・取次様からのご注文以外のお問合せ先
eigyo@yamakei.co.jp

•定価はカバーに表示してあります。

Printed in Japan
ISBN978-4-635-82559-7